Jean Teulé

Jean Teulé est l'auteur d'une dizaine de romans, tous publiés chez Julliard, parmi lesquels on peut citer *Rainbow pour Rimbaud*, *Bord cadre*, *Les lois de la gravité*, *Ô Verlaine !*... *Je, François Villon* a reçu le prix du récit biographique. *Le Magasin des Suicides* a été traduit en dix langues. *Darling* fut adapté au cinéma par Christine Carrière, avec Marina Foïs et Guillaume Canet. *Le Montespan*, prix Maison de la Presse, a paru en 2008.

LES LOIS
DE LA GRAVITÉ

DU MÊME AUTEUR
CHEZ POCKET

DARLING
Ô VERLAINE
JE, FRANÇOIS VILLON
LE MAGASIN DES SUICIDES
LES LOIS DE LA GRAVITÉ
LONGUES PEINES (à paraître)

JEAN TEULÉ

LES LOIS DE LA GRAVITÉ

JULLIARD

ISBN 978-2-266-17926-3

I

De jolies mains féminines rabattent le couvercle d'une petite valise posée sur une table. C'est un bagage d'enfant décoré d'un motif pied-de-poule gris-bleu. De chaque côté de la poignée, les pouces de la dame abaissent sans bruit les fermoirs en fer. Elle prend son manteau sur une chaise et l'enfile dans la pénombre de la salle à manger qu'éclaire seulement une lampe sur un buffet. Deux grands voilages synthétiques et légers sont entrouverts devant une baie vitrée coulissante donnant sur le balcon de ce onzième étage.

Entre les rideaux, on voit la mer sous la nuit étoilée et les grandes structures de fer du chantier éclairé de la CMN (Chantiers mécaniques de Normandie).

La femme noue une écharpe autour de sa gorge. Le papier peint de la salle à manger est décoré de lignes ondulantes verticales bleues et roses. Un vilain tableau représente la tête d'un chien de berger allemand tirant la langue. Une poupée normande en costume traditionnel, dans sa boîte en plastique transparent, est punaisée à un mur du couloir. La femme éteint la lumière.

Sur le palier, elle referme doucement la porte de l'appartement couverte de traces de coups de pied. Elle appelle un ascenseur aux effluves d'urine. Au rez-de-chaussée, devant les boîtes aux lettres endommagées, elle pousse la porte de la cage d'escalier.

Dehors, elle franchit le parking et suit le grillage crevé du terrain de foot entouré par les hautes barres d'immeubles. Des jeunes à bonnet, alanguis sur un banc, l'ignorent superbement. Elle tourne au café-brasserie Le Grand Vertige et file vers le port.

Elle côtoie le mur en briquettes rouges de la conserverie aux odeurs d'huiles refroidies, passe, ses cheveux noirs prenant un peu le vent et front baissé, devant le marbre blanc des marches glissantes de l'hôpital maritime.

En face, se dresse la cité du Zodiaque avec sa tour Sagittaire s'élevant jusqu'à des trente-trois étages, puis les tours de La Glacerie et, sur la falaise, le quartier des Musiciens.

La femme traverse l'avenue suréclairée à six voies qui longe la mer et dont le goudron lisse est peint de grandes flèches directionnelles fluorescentes qu'elle ne suit pas. Elle franchit le passage à niveau d'une unique voie ferrée ne servant qu'aux trains de marchandises et là, à sa droite, dos à une ruelle insalubre, elle s'arrête au bord du trottoir et regarde un immeuble, de l'autre côté du boulevard.

C'est un long bâtiment crème et sable de trois étages et sans style, moderne quand même. Les vingt fenêtres alignées par degrés donnent sur des bureaux tous éteints. De la lumière, il n'en subsiste qu'au rez-de-chaussée — une lueur à gauche, dissimulée en partie par des barreaux torsadés, et puis surtout des néons éblouissants derrière la porte vitrée au-dessus de laquelle on peut lire « HÔTEL DE POLICE ».

La femme contemple longuement ce commissariat.

Un taxi, pleins phares, arrive de l'avenue côtière et tourne perpendiculairement vers le boulevard. Il rebondit sur le dos d'âne du passage à niveau. Les amortisseurs s'en plaignent. À l'arrière, une jeune mariée en tenue de cérémonie blanche est secouée près d'un mari en habit noir. Dans l'éblouissement des vitres, l'épousée, sous sa voilette et couronne de fleurs d'oranger, tourne son visage vers la femme sur le trottoir. La mariée ressemble à une poupée assise dans sa boîte en plastique transparent. Un chien Pollux, sur la plage arrière, oscille sa tête maintenue par un ressort à l'intérieur du corps.

Le taxi passe. La femme à la petite valise traverse la rue.

II

De l'autre côté de la fenêtre aux barreaux torsadés, où il y a une lueur près de l'entrée, un officier de police en tenue attend dans la pénombre de son bureau lorsque ça frappe à sa porte. Il dit « Entrez » :

— Entrez !

La dame ouvre. Le policier la découvre d'abord à contre-jour devant les lumières violentes de l'accueil. Une silhouette en manteau court et jupe sobre portant une valise du côté gauche. Chevelure au ras des épaules. Ses jambes fines rongées par la lumière dominent des chaussures d'homme, noires à lacets.

La femme repousse la porte derrière elle. Le policier la voit alors anthropométriquement : taille moyenne, paraissant une petite quarantaine, à peine plus de kilos que d'années, type européen.

Il la dévisage... de face : yeux noirs / pommettes hautes / lèvres charnues / cicatrice au menton. La femme, gênée d'être ainsi observée, tourne la tête... de profil : front bombé / nez relevé / cou étroit.

Le policier baisse les yeux et regarde le buvard de son sous-main vert mousse.

— Que vous arrive-t-il, madame ?

Le bureau est dans la pénombre. Il y fait sombre comme au coin d'un bois. Juste une lampe articulée éclaire, de son faisceau, un ordinateur éteint devant un bouquet de roses éclatantes.

La femme, debout, cherche le policier derrière les fleurs. Mais, vu la disposition verticale et rasante de l'éclairage, elle ne voit de lui que ses poils blonds qui brillent dans le noir comme des fils d'or.

Il en coule de ses oreilles droites sans lobe et des narines de son museau pointu. Ça pousse sur les côtés de son large cou et sort du col de sa chemise bleu ciel. Cils longs relevés sous des arcades fournies. Le pelage fauve d'une courte chevelure ondulante peignée en arrière. Autour de sa mâchoire de mammifère carnivore, une barbe naissante scintille jusqu'au nœud d'une cravate sombre. De chaque côté de ses mandibules, les poils de ses demi-favoris luisent comme des serpentins. Des poils, il s'en échappe aussi, en touffes, des manches de son blouson en toile bleu marine. Ils s'écoulent en lave d'or autour des poignets et recouvrent ses grosses pattes. Il en boucle à ses phalanges jusqu'aux griffes.

La femme hallucinée le voit comme un loup en uniforme tapi dans les feuilles sous un rayon de lune. Elle en frissonne. Elle a un peu peur. Mais elle prend sur elle car ce fut sa décision d'aller en chaussures d'homme se poster, droite comme sur de petits sabots, face à lui. Elle sait ce qu'elle est venue faire ici. Le flic l'ignore toujours.

— Alors, madame ?

Elle ravale un peu de salive et, très courageusement, se lance :

— Il y a quelques années, la police est venue à mon domicile pour enquêter sur la mort de mon mari. Ils en ont conclu à un suicide. Eh bien, ce n'est pas vrai. C'est moi qui l'ai poussé du onzième étage.

On n'entend plus, au-dessus de la porte, que le tictac de la pendule murale qui indique vingt et une heures en chiffres romains. Il règne dans la noirceur du bureau un parfum fleuri et une délicate odeur d'infirmerie. Une voix caverneuse s'élève derrière les feuillages :

— Et pourquoi la police se serait-elle trompée ?

La femme déglutit à nouveau.

— Jimmy était un mari violent et dépressif qui faisait souvent des tentatives de suicide. La veille du jour où je l'ai... il en avait encore fait une. Il avait pris des cachets et passé la nuit aux urgences de l'hôpital maritime...

Le policier entend alors l'entrechoquement des petites incisives de la dame qui tremble de crainte puis reprend :

— Normalement, il aurait dû rester quelques jours en observation mais, dès le lendemain matin, il a voulu signer une décharge et il est sorti.

La femme souffle ensuite plusieurs fois profondément et le flic assis, dissimulé par des branches de rosier, écoute la suite, vit la scène...

III

De grandes portes vitrées coulissantes s'étaient écartées à l'approche titubante d'un homme quittant le hall de l'hôpital. Et Jimmy s'était retrouvé dans l'air de l'avenue qui longe la mer face à la cité du Zodiaque. Se tenant à la rampe, il avait descendu les quelques marches en marbre blanc et glissé sur l'une d'elles. Un jeune homme, qui montait, l'avait rattrapé par le bras :

— Attention monsieur, vous allez tomber !

Jimmy, la quarantaine, maigre et crâne déjà dégarni, grommela, front baissé, et suivit, l'air sombre, le mur en briquettes rouges de la conserverie aux odeurs d'huiles chaudes. Dans sa veste avachie en daim beige et pantalon anthracite flottant autour des jambes, il contourna le café-brasserie Le Grand Vertige.

Ses baskets avaient dû être blanches. Un ascenseur aux effluves d'urine le souleva comme un bras jusqu'au hoquet de destination d'étage. Il tourna sa clé dans la serrure d'une porte couverte de traces de coups de pied puis, derrière ses lunettes à monture d'écaille, s'étonna de découvrir sa jeune femme — dix ans de moins que lui — dans l'appartement.

— T'es là, toi ? Et le boulot, fainéante ?

— Comme tu étais à l'hôpital, j'ai pris un jour de congé. Je viens d'emmener les enfants à l'école. J'allais faire du café. Tu en veux ?

La femme alla dans la cuisine et l'homme entra dans la salle à manger. Versant de l'eau dans la cafetière électrique, elle l'entendit crier :

— Où est ton sac ?

Elle se mordit la lèvre inférieure en baissant les paupières.

— Tu l'as caché ? Dis-moi où tu l'as caché sinon je te démonte la gueule ! Donne-moi du blé, connasse !

Un liquide noir s'égouttait tandis que la jeune épouse prenait du sucre et des cuillères. Elle arriva dans la salle à manger, portant les deux tasses fumantes et disant :

— Tu sais Jimmy, ça ne va plus pouvoir être possible. Ce n'est plus possible car il y a le loyer, il y a...

Les voilages étaient écartés devant la baie vitrée. Jimmy la fit coulisser et, sur le balcon, grimpa pardessus un congélateur, en panne, remisé là. Dos au vide, talons au bord de l'arête de la rambarde, sa veste prenant le vent, les bras écartés, il s'écria :

— Ah cré nom de Dieu de fi' d' garce ! Donne-moi du blé, connasse ! Donne-moi du blé ou je me suicide !

La femme, sans le regarder, soupira en posant les tasses sur une table de camping :

— Ça fait des années que tu dis ça, tu te rates toujours.

Et voilà qu'il revenait et que tout recommençait : ses insultes, ses menaces et son chantage... Et donc, ça ne finirait jamais ? Ça ne finirait jamais ?

Elle se tourna vers lui. Il était debout parmi les géraniums et les pensées molles surplombant le congélateur.

— Fais attention aux fleurs...

Les jambes du mari, en équilibre instable, tremblaient et les pots s'entrechoquaient.

— Donne-moi du fric ou...

Sa femme, en pull torsadé bleu, s'approcha de lui. Elle regarda, sur le congélo, les pieds surélevés de Jimmy qu'elle s'était tant de fois pris dans le ventre ou la figure et songea à sa vie maritale... Et tout défila dans son crâne comme un train lancé sur des rails qu'elle ne pouvait plus arrêter... Elle-même continuait d'avancer... Son mari, baissant la tête, s'en étonna derrière ses lunettes à monture d'écaille. Elle leva son regard et, droit dans les yeux, tout en progressant, lui dit d'une voix calme :

— Tu veux sauter ? Eh bien, vas-y.

Ses bras enveloppés de laine se tendirent. Ses mains se posèrent sur le pantalon. Elle le poussa dans les jambes. Elle sentit le tissu quitter ses paumes, la chaleur du corps de son mari s'éloigner de ses doigts...

Puis ses mains se retournèrent brutalement d'elles-mêmes comme des serres contre son propre visage, lui cachant les yeux, et elle recula, recula sous leur poussée, jusqu'au mur de la salle à manger opposé à la fenêtre où elle vint se cogner le crâne.

Entre la porte du couloir menant aux chambres des enfants et celle, entrebâillée, donnant sur le lit conjugal, sous une photo encadrée, la femme, mains écrasées contre son visage, était en apnée.

Elle n'entendit pas le choc de réception du mari sur la dalle en béton du parking, mais bientôt le murmure du brouhaha d'un affolement en bas monta jusqu'à ses tympans.

Elle s'en assit sur un tabouret.

Elle eut ensuite envie de descendre, de dévaler l'escalier en criant : « Mais qu'est-ce que j'ai fait ? Mais qu'est-ce que j'ai fait ? » Elle eut aussi envie de se jeter elle-même par la fenêtre mais elle avait peur, elle avait tellement peur et pensa aux enfants. Elle croisait ses bras, les décroisait, ne savait plus que faire de ses mains. Fallait-il refermer la fenêtre ? Que fallait-il faire ? Et si des gens montaient, que leur dirait-elle ? Fallait faire quelque chose, appeler la police ! Elle appela la police :

— Mon... mon mari est tombé par la fenêtre !

Il y eut un silence correspondant à une courte question à laquelle la femme répondit :

— Onzième.

Elle donna le nom de la cité, du bâtiment, précisa le numéro d'escalier et que c'était à gauche en sortant de l'ascenseur.

Qu'allait-elle dire ? Qu'allait-il se passer ?

Elle entendit alors chanter des sirènes — pompiers, ambulance et police —, puis bientôt on appuya sur la sonnette de sa porte.

Un grand, en uniforme, suivait un petit, en civil, qui commandait. Sitôt que la femme hébétée leur ouvrit, le petit demanda :

— Que s'est-il passé ?

Elle bredouilla :

— Je-je n'ai rien vu. Je faisais du café dans la cuisine. Quand je suis revenue avec les tasses, la fenêtre était ouverte et il n'était plus là.

Elle fut elle-même surprise de sa déclaration. Elle rajouta :

— Il venait de rentrer. Il n'a même pas pris le temps de retirer sa veste...

Le gardien de la paix toucha les deux cafés tièdes. Les sucres étaient encore dans les soucoupes et les cuillères intactes.

Pas de traces de bagarre, pas de meubles renversés, d'ailleurs... « Vous vivez sans meubles ? » s'étonna le long policier novice. « Les huissiers ? » demanda le petit expérimenté. « Oui, oui », répondit la femme.

— Vous avez dit qu'il rentrait tout juste. Savez-vous d'où il venait ?

— De l'hôpital maritime parce que, hier, il avait fait une tentative de suicide.

— Ah bon ?

— Une prise de barbituriques. C'est moi qui ai appelé le SAMU quand je suis rentrée du travail.

L'enquêteur scrupuleux sortit son mobile et composa un numéro préprogrammé :

— Allô, les urgences ? Ici la police. Dites-moi...

Tout en parlant et vérifiant les dires... il balaya du regard les murs portant des traces de mobilier saisi. Sur le papier peint hideux — « C'est vous qui l'avez choisi ? » « Non. » —, deux, trois choses étaient encore accrochées dont le portrait gueulard et maladroit d'un berger allemand. Rapport au flic, le tableau étant de profil, le chien paraissait aplati. « Comme s'il s'était explosé la gueule du onz... », pensa le lieutenant. Dans le couloir, il ne remarqua pas que la petite poupée normande, punaisée au mur, était à l'intérieur d'une cage en plastique transparent.

Il éteignit son portable et vint vers la portion de mur située entre la chambre des parents et la porte menant à celles des enfants. Et là, il scruta la photo collective de trois bambins signée par un photographe du centre-ville. Le cadre était doré et la vitre brillait.

— Ce sont vos enfants ?

— Oui.

— Quel âge ?

— Jennifer a deux ans. Cédric et David, cinq et sept.

— Ils sont à l'école ?

— Oui.

L'officier contempla les trois petits visages puis se retourna :

— L'hôpital confirme vos déclarations et, ce matin, c'est lui qui a voulu signer une décharge pour sortir.

Puis, s'adressant à son collègue :

— Ils disent qu'ils le connaissent, que ces derniers temps, ils l'avaient deux ou trois fois par an, que ça ne les étonne pas, que ça devait finir par arriver...

Ensuite, il leva un menton interrogateur :

— Des doutes, gardien ? Un point qui ne serait pas clair ?

— Non, répondit l'autre.

— Bon... alors conclusion de l'enquête : il s'est raté hier et puis, aujourd'hui, bah... il ne s'est pas raté. Vous recevrez par courrier les papiers officiels datés d'aujourd'hui. Dossier clos. Affaire classée. Nos condoléances, madame.

Les policiers refermèrent la porte derrière eux.

En deçà de la photo des enfants, la veuve s'assit sur un tabouret, alourdie, les bras ballants.

IV

Sboïng !

Sitôt le récit de la femme terminé, il y a un drôle de bruit de dessin animé dans le bureau sombre — le son d'un ressort qui lâche et résonne. Le policier vient d'allumer son ordinateur. L'écran diffuse alors une lumière gris bleuté qui éclaire, de face, son visage.

Plus jeune que la dame de quelques années, il semble avoir déjà vécu une éternité de chaux vive. Son visage est constellé de taches de rousseur grises et sa pilosité moins apparente. Des yeux très cernés. La femme lui trouve mauvaise mine, se demande si cela vient de la lumière de l'ordinateur. Elle voit ses lèvres gercées, portant de fines croûtes verticales, lui dire :

— Asseyez-vous, madame.

La femme s'assoit face à lui sur une chaise aux armatures en fer gris-vert. Elle pose sa petite valise à plat sur les genoux, dénoue son écharpe et ouvre son manteau fluide blanc cassé.

Le flic a la vision d'une lame de couteau ouvrant verticalement la peau d'une bête pendue par les pattes après l'abattage.

Dessous, elle porte un tee-shirt noir à manches longues en coton stretch. Le col, loin de la gorge, fait ressortir son cou dégagé de condamnée.

D'un doigt de la main gauche, qu'entoure une bague surmontée d'une pierre blanche à la forme indistincte, le policier clique sur la souris du tapis d'ordinateur. Il ouvre le disque dur puis un dossier et, dans « Fichier », il double-cliquette sur « Nouveau document ». En haut, à droite de l'écran, la date de ce samedi et l'heure de déposition : 21 h 16.

Un curseur vertical clignote sur la première ligne d'un questionnaire type. Le flic devrait exiger : nom ? / prénom ? / adresse ? / date du meurtre ? Il demande :

— Il était comment, ce mari ?

V

— C’était un gars qui s’était engagé à dix-huit ans dans la marine pour échapper à un père autoritaire... Quand je l’ai connu, il était monteur en charpentes métalliques au CMN, mais il buvait trop et ça le rendait agressif. Il a toujours été méchant, même avant le mariage. Le premier signal : une fourchette qu’il m’a plantée dans le bras, à table. Il m’a planté la fourchette. Je sais qu’il y a eu ça. Je ne sais plus pourquoi, je... Et puis bon, après, il était violent, oui. Il frappait. Un matin, au réveil, il m’a battue si fort avant de partir qu’il a ensuite téléphoné à mon travail pour savoir si j’y étais parce qu’il se demandait s’il ne m’avait pas laissée sur le carreau. Un autre matin, alors que je faisais le lit...

Elle continue à lui parler de son amour lapidé d’éclairs dans la chambre nuptiale entrouverte au monstre mais le flic ne l’entend déjà pratiquement plus. Il connaît les hommes à nerf de bœuf.

Elle raconte sobrement sept années de malheur conjugal au quotidien : les coups de poing, les coups de pied devant les enfants, les quatre points de suture à la mâchoire.

Le flic écoute les anecdotes, n'écoute plus, écoute encore, pense parfois à autre chose... Certaines histoires n'arrivent pas à franchir sans dommage les lèvres de la dame. Peut-être des histoires trop intimes ou trop sexuelles. Il en reste des cris éteints dans sa bouche.

— Il est, monsieur, des amours sans douceur...

Puis elle reprend le cours de son récit, fait défiler, dans l'ordre, les années : « La fois où... » et puis « Quand il... » Et elle parle, parle le front baissé. L'officier ne peut voir sa figure mais il constate le dos courbé et les doigts croisés sur la valise.

Lui, accoudé au bureau, le visage dans une main, est comme un songe dans sa fleur. Et toujours, dans la gorge de la dame, un chant comme une ombre adorable.

— Une autre fois, il m'a téléphoné : « Je suis avec notre petite à la gare. Je vais me jeter sous le train avec elle. » J'ai appelé la police et couru. Quand les gardiens de la paix sont arrivés, ils l'ont trouvé au bord des rails avec l'enfant dans les bras. Comme ils s'avançaient vers lui, il a entouré le cou de Jennifer et menacé de l'étrangler. Il a fallu de longues minutes pour qu'il recouvre la raison. Deux jours après, je l'ai poussé par la fenêtre.

VI

Le bureau est toujours dans la pénombre, à peine éclairé par le rayon de la lampe articulée et la lueur diffuse de l'ordinateur. Le policier demande :

— Est-ce que vous voulez bien appuyer, derrière vous, sur le bouton près de la porte ?

La femme recule sa chaise, se retourne et tend un bras vers l'interrupteur. Une vaste clarté tombe alors des néons des plafonniers et ondule peu à peu comme un voile éblouissant dans tout le bureau. Le flic cligne les yeux puis dit :

— Vous savez, moi, les nuits de permanence, je n'éclaire jamais beaucoup. Je ne cherche pas à attirer le chaland. Je ne voudrais pas que des gens, passant sur le boulevard, se disent : « Tiens, le commissariat est allumé, je vais aller y faire un tour. » C'est bête, hein ?

La femme tourne la tête à sa droite et regarde le bureau beaucoup plus long qu'elle avait cru en y entrant. C'est en fait un local collectif où trois policiers alignés, le jour, officient en même temps. Murs azur, plinthes roses et faux plafond blanc. Tout au bout, une petite porte vitrée et grillagée. Le policier suit le regard de la femme.

— C'est la porte qui donne sur la cour du commissariat et le couloir des cellules de garde à vue. Et là, putain... Mais moi, vous savez, je n'ai pas trop de chance parce qu'à chaque fois que je suis de permanence, il me tombe une merde. Ce soir, c'est vous...

La femme apprécie le compliment d'un rictus de lèvre fataliste puis observe sur le bureau, face à elle, une réglette sur laquelle elle peut lire : « Lieutenant Gilles Pontoise ».

Elle lève son regard vers celui, bleu pâle, du flic qui la dévisage aussi. Lorsqu'elle était entrée, sur une fiche d'identification, il aurait noté « Yeux noirs » et là, ça ne lui semble plus suffisant. « De grands yeux noirs admirablement doux et beaux et relevés vers les tempes sous un sourcil long », lui semble maintenant une description plus exacte. Mais pourrait-on l'écrire sur une fiche de police ?

Pontoise se lève. Il est quelque chose de blond ressemblant à un clown disloqué. Dans les trente-cinq ans, il claudique d'une jambe engourdie jusqu'à la fenêtre aux barreaux forgés donnant sur le boulevard.

La femme tourne la tête à gauche pour le suivre du regard. Dans le dos du blouson, « POLICE » est écrit en lettres majuscules. Le flic observe, par la fenêtre, les lumières des cités qui illuminent des platanes épuisés de ne jamais pouvoir se reposer.

— Vous voyez, moi, j'attendais minuit et j'espérais n'avoir aucune visite. J'attendais minuit pour essayer d'attraper le dernier tramway et rentrer chez moi me détendre les joues jusqu'à lundi parce que quelle semaine encore...

Lorsqu'il parle, on dirait que des cailloux roulent dans la rivière de sa gorge.

— Bon, sept ou huit morts par semaine, dans une agglomération comme ici de vingt-cinq mille habitants, paraît que c'est normal. Il y en a davantage mais pour les autres, on ne se déplace pas car ce sont des morts naturelles... Mais aussi, pourquoi vous avez épousé un con pareil ?

Il lui a dit cette dernière phrase en se tournant vers elle et sur le ton du reproche. La femme baisse les yeux :

— Je l'ai rencontré un week-end de fin janvier à Montebourg, au bal de la Chandeleur. C'est une collègue qui m'y a entraînée. Moi, je ne voulais pas y aller...

Les paupières de la dame se gonflent de larmes troublant la vision de la petite valise qu'elle scrute sur ses genoux. Le motif imprimé pied-de-poule se dédouble, multiplie dans le prisme des gouttes lacrymales. Elle voit alors des triangles verts, jaunes, bleus qui tremblent comme des fanions sous la pluie et le vent.

VII

Elle avait vingt-deux ans et, en robe jaune à volants, était accoudée à un bar en Formica vert et rouge. Paille dans une bouteille de Fanta, elle sirotait le jus de fruits et regardait danser les gens sous le vaste chapiteau rectangulaire ouvert sur un côté.

Dehors, c'était la nuit. Il pleuvait et ventait et les fanions multicolores s'agitaient et dégoulinaient jusqu'à l'intérieur de l'immense structure de toile.

Quatre gros tuyaux, d'un mètre de diamètre, soufflaient un air chaud desséchant. On entendait presque aussi fort le bruit de la soufflerie que celui de la musique — un finalement lassant « Be bop a lula » —, *she's my baby*, tu parles !

Les gars allaient pisser à l'extérieur contre des arbres, enjambant les piquets et les cordages qui retenaient la toile. Ils revenaient sur la piste de danse en s'essuyant les doigts à leur pantalon.

— Tiens, fais péter une gueuse, Julienne ! demandaient-ils au bar.

Entre les buveurs, la jeune fille à robe jaune suivait les circonvolutions de sa collègue et d'un danseur. Ils évoluaient sur la piste avec grâce, évitant les autres couples. Lui dansait droit, faisait un minimum de gestes mais à chaque simple impulsion des phalanges, la collègue tournoyait en passant sous ses bras.

« *Boire un petit coup, c'est agréa-able !* » Changement de disque, la collègue revint vers le bar. La fille à la paille dans la bouche lui susurra :

— Dites donc, il danse bien le gars avec qui vous étiez !

— Ben attends, je vais te le présenter.

— Oh non, non...

— Mais allez ! Tu ne profites jamais de la vie, toi. Même pour venir ici, il a fallu te traîner... Jimmy !

Un peu plus loin, le mince danseur à lunettes d'écaille se retourna. Et tandis que tout le chapiteau gueulait « *Et glou, et glou, et glou !* », il arriva d'une démarche altière. Il présentait bien.

— Elle trouve que tu danses bien.

— Ah bon ?

Il évalua la jeune femme rougissante à la robe un peu désuète.

— Alors, nous deux, on danse la prochaine à c't'heure ! C'est-y possible, ça ?

— Oui.

Elle s'en souviendra toute sa vie. C'était sur une chanson de Michel Delpech : « *On dirait qu' ça t' gêne de marcher dans la boue ! On dirait qu' ça t' gêne de...* » Tous les danseurs en couple avançaient parallèlement comme dans un quadrille endiablé. « *On dirait qu'...* » Ils ponctuaient le rythme en tapant du talon sur le plancher qui faisait rebondir les capsules de bière tombées du comptoir. Puis, au bout du chapiteau, tout le monde se retournait pour aller dans l'autre sens. En pivotant, l'ingénue parut tomber en arrêt devant le visage de l'homme à lunettes, qui s'en étonna :

— Qu'est-ce qu'y a ?

— Vous ressemblez à mon père.

— Dis donc, toi, j'ai trente-deux ans !

— Il est mort jeune...

Lui-même ne vivrait pas vieux. Et il repartit au bras de sa partenaire, faisant claquer ses semelles — « *On dirait qu' ça t' gêne de...* » —, sans se douter qu'un jour ses talons claqueraient autrement plus fort sur la dalle en béton du parking au pied de son immeuble.

— Nous nous sommes vite mariés et j'ai emménagé chez lui. Sa mère ne voulait pas que je me marie avec lui. Elle le connaissait trop bien. Elle me disait : « Vivez d'abord avec pour vous faire une idée. » Mais bon, moi, j'étais petite et c'était mon premier amour...

VIII

Le flic se retourne vers la fenêtre donnant sur les néons jaunes et bleus incendiant le boulevard. Lèvres gercées à la vitre, il questionne :

— Qu'attendez-vous de moi, madame ?

La vapeur de sa bouche fait une buée au carreau qui se résorbe aussitôt.

— Je voudrais que vous m'arrêtiez, entend-il.

— Pourquoi ?

Nouvelle buée tandis que la femme déclare :

— J'ai le remords de ce qu'il y a eu.

La paysannerie de son langage se télescope parfois avec la noblesse de ses attitudes. Gilles Pontoise, en uniforme, pivote vers elle :

— Mais madame, si vous avez vraiment attendu des années comme vous le prétendez, pourquoi vous venez, précisément ce soir, me raconter ça à moi ? Pourquoi pas hier ou demain ? demande-t-il en se massant la nuque. Vous ne voulez pas plutôt revenir demain ? J'ai un collègue qui adore ce genre d'embrouilles. C'est un champion des mots fléchés. Vous demanderez Machebœuf. Il sera là, dès huit heures.

Son bureau, c'est celui du fond près de la porte vitrée.

— Non, demain je ne pourrai pas, s'excuse la dame.

— Ah bon ? Demain vous avez autre chose à faire que de vous dénoncer...

Il se demande si elle n'est pas folle.

— Je suis déjà venue hier, à la même heure, reprend la veuve.

— Hier ? Gâtebois était de permanence. C'est lui qui vous a dit de revenir ce soir ?

— Non, car je n'ai rien pu dire au gardien de l'accueil. Les mots ne sortaient pas de ma bouche. Alors je suis repartie. Mais ce soir, ça ira...

— Ça ira...

Le flic soupire en retournant s'asseoir face à l'écran lumineux du PC.

— Bon, très bien, alors allons-y...

Sur la page de déposition, le curseur vertical clignote toujours à la première ligne : Nom de famille.

Il a aussi le désir intime de lui demander son prénom... Il hésite.

La femme lève vers lui des paupières sans sommeil, couleur de fatigue et de honte :

— J'ai commencé par avoir mal au bout des doigts, monsieur. Mais alors tellement mal...

Le policier tourne la tête vers elle qui lui raconte comment, après avoir poussé son mari par la fenêtre, elle avait eu mal aux mains. Que c'était apparu dès le lendemain sous les ongles et que ça avait poussé le long des doigts, les jours suivants. Puis ce fut au tour des paumes et des poignets. Elle avait l'impression que tous les os s'y soudaient. Ça la lançait jusqu'aux coudes. Elle n'arrivait plus à replier les doigts et ses mains, toujours très contractées, la gênaient dans son travail.

— Je ne pouvais plus attraper les paquets ni soulever les sacs...

Puis au cours des mois, ça a envahi les deux bras. Les coudes et les épaules se durcirent. Les biceps, triceps, etc., se nouèrent de courbatures fantastiques provoquant de fréquents arrêts de travail. Les séances de kinésithérapie furent sans effet.

— Autant masser un caillou ! avait dit le kiné, en se détendant les phalanges, au généraliste qui lui avait adressé la dame. Jamais vu des épaules contractées comme ça, moi !

L'année d'après, ce fut le cou, le dos et la poitrine. De violentes douleurs dans les côtes. On l'hospitalisa deux fois pour être sûr que ça ne vienne pas du cœur, que c'était bien musculaire.

Pendant juillet et août, alors que les enfants, grâce aux aides sociales, étaient en colonie de vacances, elle alla en maison de repos. Les psychiatres, supposant un choc émotionnel grave, lui demandaient souvent :

— Que s'est-il passé, madame ?

— Rien.

— Il faudrait nous parler, sinon on ne pourra pas vous aider...

Mais elle gardait son secret pour elle.

Les calmants, à haute dose, la détendaient le jour mais toutes les nuits, malgré les trente gouttes de Théralène, elle se pétrifiait dans son lit et faisait des cauchemars épouvantables.

IX

C'était elle, la petite femme couchée sur le côté, les bras tendus comme si elle avait gelé — un bras suivant le drap du dessous et l'autre, parallèle, bloqué en l'air vers la porte de la chambre entrouverte, les rideaux, la baie vitrée...

À l'horizon, au-dessus de la mer, la lune étendait un long rayon sur le parquet de l'appartement jusqu'à elle : statue de pierre inondée de clarté, couchée dans un lit d'HLM. Vision surréaliste et d'un érotisme voilé — le drap aux plis antiques ayant un peu glissé. Elle dormait les yeux grands ouverts, tétanisés. Des veines bleues sous sa peau fine semblables aux veinules du marbre.

Dans la salle à manger, Cédric et David — crânes rasés comme s'ils avaient des poux — la contemplèrent pareil que si elle avait été exposée dans un musée.

Il n'en manquait que le titre : *Le Sommeil de la criminelle*.

X

— Alors le matin, je me réveille fatiguée. Je ne vais pas bien. J'ai mal partout et dans la journée j'ai souvent des étourdissements. L'autre fois, ça m'a pris au travail. J'ai pâli à la Poste et cru que j'allais m'évanouir. Alors je me suis assise pour continuer à trier et une collègue est venue me demander : « Ça ne va pas ? Attends, je vais t'aider... » Puis, voyant que ça n'allait vraiment pas, elle est allée dire au receveur : « Vous ne pouvez pas la laisser continuer dans l'état où elle est. Regardez-la ! » Alors je suis rentrée chez moi...

Son visage lui échappe et gagne les grands fonds...

— C'est-à-dire que je n'ai pas de sommeil récupérateur. Depuis que... je n'ai plus de phase profonde du sommeil. Je n'en dors plus... Vous savez monsieur, j'ai tenu, tenu autant que j'ai pu mais là, je n'en peux plus. J'ai résisté pendant des années mais là, j'en ai assez. Je n'ai plus la force de garder pour moi seule le secret de ce que j'ai fait. Alors c'est pour ça, j'ai dit : « Je vais me livrer à la police. »

— Vous êtes postière ?

— Factrice à vingt-cinq kilomètres d'ici, dans le village où vivait Maman. Quand je me suis installée chez Jimmy, j'ai gardé mon emploi là-bas.

Le policier tourne la tête vers l'imprimante, près de l'ordinateur. Le bac d'entrée est vide. Il y installe du papier, glisse les guides de réglage de largeur et longueur, appuie sur le bouton d'alimentation.

Il observe sous le capot le va-et-vient rougeoyant du laser de l'appareil. La cartouche d'impression glisse sur son rail et vient se caler en position de départ.

Pontoise lève ses yeux bleus vers l'écran du PC. À la cinquième ligne du questionnaire, après « Profession : », il devrait taper « Factrice ».

— J'aurais dû faire facteur, moi, à Lisieux, près de ma mère...

XI

— Même enfant, je n'aimais pas tellement être le policier... À la récréation, la moitié de la classe faisait les gendarmes et l'autre les voleurs. Ensuite, on intervertissait les rôles. Et moi, je préférais faire le voleur pour justement libérer les autres parce que vous savez comment ça se passait ? Ils se donnaient la main, les prisonniers... Et puis il y avait les policiers autour. Alors tu courais, il fallait échapper aux policiers, et dès que tu claquais la main d'un prisonnier, il pouvait s'en aller. Tu pouvais en libérer un à la fois, je crois que c'est ça...

Il n'est plus certain de la règle du jeu et cherche en vain à se rappeler les visages nus des enfants de l'école. Ils ont passé comme les calendriers.

— On se tapait dans la paume comme dans les films américains...

Il a envie de lui demander de tendre une main afin d'y claquer deux de ses doigts épais pour lui faire voir. Mais, loin des enfantillages, il regarde les phalanges de la femme. Ces petites mains fines de serveuse de restau chinois ont quand même tué un homme...

XII

Le corps de Jimmy s'était éloigné horizontalement dans l'air tandis que sa femme reculait, reculait dans la salle à manger en se cachant les yeux. Un mètre devant le balcon, vue imprenable du mari sur son épouse et l'appartement du onzième étage. Il en parut surtout surpris. La nature, elle-même, sembla décontenancée et il lui fallut une fraction de seconde pour se rappeler cette loi naturelle et indiscutable par laquelle un corps lancé dans le vide est attiré vers le bas.

C'est un phénomène physique contre lequel il est inutile de lutter. La femme aurait eu beau se pencher par-dessus le balcon et crier : « Pardon, je regrette. Chéri, chéri, reviens ! », ça n'aurait servi à rien. Quand la chute est lancée, il faut qu'elle aille à son terme. Si la rambarde a été franchie, on ne peut plus rien pour personne.

Jimmy ressentit le vent vertical de la vitesse lui remonter dans les jambes du pantalon. Ce fut pour lui une sensation inédite. Il se rappellera aussi toute sa vie — c'est-à-dire encore une seconde, une seconde et demie —, qu'il avait également plaqué ses bras de chaque côté du corps afin d'éprouver la même vibration dans les manches.

On a parfois de ces idées...

Le policier, lui-même... a de drôles d'idées, se sentant face à un processus dont il se demande bien comment il pourrait en inverser la trajectoire.

— Est-ce que vous avez bien compris, madame, ce qu'il va se passer maintenant pour vous ? Que je vais vous coller en taule, moi ?

— Oui.

Bruit simple comme les talons du mari claquant sur la dalle en béton du parking.

XIII

L'officier se lève, claudique jusqu'à l'autre porte du local. Sur le lino gris, entre le bureau de Machebœuf et celui de Gâtebois, se dressent de hautes piles de dossiers aux couleurs administratives. On dirait des tours de cité, s'élevant du macadam, pleines d'histoires superposées, confinées et entassées. Des feuilles débordent de certains dossiers comme des cris aux fenêtres — des impatiences de réparations de préjudices sur procès-verbal bleu. Il s'écoule aussi des mystères de dépositions roses.

Arrivé à la porte vitrée et grillagée donnant sur le couloir des cellules de garde à vue et la cour du commissariat, Pontoise regarde les fourgons garés dans la nuit. Et derrière un muret, il observe le canal. Un train passe, les yeux grands ouverts, sur l'autre bord. Le policier se retourne :

— Et vos enfants ? Encore mineurs je suppose...

— Oui.

— ... Que vont-ils devenir ? Déjà qu'ils n'ont plus de père, s'ils n'ont plus de mère... Papa passé par la fenêtre et maman en prison, qui va s'occuper de leur éducation ? Parce que attention, menace-t-il du doigt à l'autre bout du bureau, il n'y a pas que votre vie que vous me livrez là. Il y a aussi la leur. Où sont-ils ce soir ?

— Dans leurs chambres.

— Et demain, ils dormiront où ? À la DDASS ?

Le flic se retourne à nouveau vers la porte grillagée. Berger des songes brisés, il entend les cris d'étranglement des trains au loin dans les tunnels et la mère gémir. Le nœud de l'intrigue se serre autour de la gorge du policier. Il se sent la tête prise au collet, alors il tente de s'en débarrasser en se retournant et disant à la veuve :

— Barrez-vous !

Il a dit ça aussi sec qu'on enlève un matou d'une chaise.

— Comment ? fait la criminelle interloquée.

Pontoise revient s'asseoir en face d'elle et coudes sur le bureau, les mains jointes, droit dans les yeux, il précise sa pensée :

— Sauvez-vous, malheureuse.

— Quoi ?

— Écoutez madame, je n'ai rien entendu de ce que vous m'avez dit. Rentrez chez vous, au revoir. Je ne vais pas prendre ça, sinon vous allez aller au trou et pour longtemps. Allez, partez !

La femme, en face, est stupéfaite. Le flic s'énerve :

— Mais c'est inouï, ça ! Vous n'avez eu aucune chance avec ce mari, rien, et puis un jour vous le poussez, bon... Mais personne n'a rien vu et la police a été dupe. Alors moi, je dis, putain, vous avez réussi le crime parfait, là... C'est quand même incroyable, ça ! Et vous venez de votre propre initiative, des années après... Vous avez fait un crime parfait et vous voulez vous constituer prisonnière ? Jamais vu ça de ma carrière !

La femme à l'âme sensible, prise sous une désillusion nouvelle, baisse le front. Pontoise se penche vers elle :

— Vous n'auriez pas dû venir me voir...

Elle lève la tête. Ses lèvres frôlent accidentellement celles, gercées, du policier :

— Monsieur, j'ai cru mourir d'attendre.

XIV

— Oh là, là...

Gilles Pontoise se redresse et se masse les cervicales. Il tourne la tête dans différents sens pour faire craquer les articulations de son cou et remue les épaules. Une céphalalgie le gagne. Il demande :

— C'est bien comme métier, facteur ?

— Ah oui, j'aimais beaucoup mon travail. Surtout la tournée...

Le visage de la veuve, imprégné de noblesse, rayonne alors d'un souvenir heureux et soudain, dans ses yeux, apparaît tout ce qu'il en reste de lumière.

— Après le tri, à huit heures, on allait boire un petit café au Bar de la Poste, chez Jean-Luc et Sophie : des gens très gentils qui téléphonaient pour avoir de mes nouvelles quand j'étais absente.

Elle sourit... Gilles la laisse parler. Il lui semble important qu'elle se détende phrase après phrase en évoquant son activité professionnelle. Il se dit que peut-être ainsi, elle reprendra goût à la vie.

— J'avais une Saxo où était écrit « La Poste » avec la grande flèche. J'aimais l'uniforme aussi : bleu marine et jaune. Ah, c'est joli comme tenue maintenant. Ce ne sont plus les tenues des facteurs d'autrefois. J'avais des pantalons à pinces...

Elle décroise ses phalanges de sur la valise pour faire un élégant geste de la main autour d'elle. Pontoise suit le voyage de ses doigts.

— Ma tournée, c'était quatre communes de campagne : Le Mesnil-Alley, Cametours, Camp-rond et Cachalot. Ça fait... J'étais arrivée à trois cent dix foyers à peu près parce qu'il y a des constructions neuves près de l'aéroport en chantier. Là, c'était du courrier... les enveloppes, je les poussais et elles tombaient dans les boîtes aux lettres.

Le policier remarque que cette femme parle déjà d'elle au passé.

— Mais sinon, dans les campagnes, je rentrais chez les gens car beaucoup ne voulaient pas de boîtes aux lettres pour...

Elle hésite...

— Je ne voudrais pas me vanter mais... avoir le « plaisir » de me voir ! C'est ce qu'ils me disaient. Ça leur faisait une petite visite. Et puis je n'apportais pas que le courrier, je livrais aussi de l'épicerie, des médicaments... Il suffisait que la boulangère ambulante soit en vacances et c'est moi qui rapportais le pain. Pas à tout le monde bien sûr, mais à quelques personnes. Parce qu'il y a des gens qui n'ont pas de voiture, aucun moyen de locomotion, et à la campagne... Moi, j'ai un client de soixante-douze ans, il n'a qu'un vélo alors je n'allais pas le laisser faire ses courses à vélo tout de même !

— Il va pourtant bien falloir qu'il s'y recolle, aux cale-pieds, le pépé... pense Pontoise.

— Ah, quand je partais en tournée, c'était... reprend la factrice aux yeux dorénavant très exaltés. Oh, je vivais ! Je trouvais là, la compensation de tout ce qui était dur à la maison. Et puis je déjeunais souvent chez les gens ! L'entrée chez un client, le plat chez l'autre et ainsi de suite jusqu'au dessert. Partout où j'arrivais vers midi, j'étais invitée. Ça me mettait du retard dans ma tournée mais à la Poste, ils avaient l'habitude. Je rentrais toujours la dernière. Ah, quand on aime son métier...

Le flic a un rictus de nervosité.

— Il y a une dame qui n'a pas d'enfant, alors elle était contente de me faire à manger...

— Oui, ben maintenant, elle va bouffer toute seule en regardant la télé !

Gilles écoute la femme lui raconter encore ses clients, comme elle les aimait tous et comme tous l'aimaient aussi, leurs nombreuses marques d'affection. Pour preuve, cette lettre qu'une famille quittant la région avait laissée pour elle à la Poste. La femme sort, d'une poche de son manteau, la missive-poème qu'elle tend au policier :

Pour l'amitié,

Il était une fois dans le bourg du Mesnil-Alley
Une voiture jaune qui filait, filait.

À son bord, une jolie petite femme bien gentillette.
Nous l'aimions tous ! C'était notre factrice parfaite.
Nous l'attendions, fidèle à son heure.
De son courrier, nous apportait joie et bonheur.
Gentiment, elle partageait avec nous nos tracas.
Avec son sourire, tout s'effaçait !... Elle était là.

Merci à notre factrice.

Et c'est signé par toute la famille. Des fleurs dessinées au stylo-bille entourent la nouillerie poétique. En rendant la lettre à la femme, le policier pense que tous les deux n'exercent vraiment pas le même métier.

— Et puis il y avait aussi ma mémère Gardie !

La veuve se penche, par-dessus le bureau, vers Gilles :

— Ah oui... j'avais une vieille dame. J'ai pleuré à son inhumation, alors que moi, je suis plutôt dure aux inhumations, mais là j'étais en sanglots... Ah, cette vieille dame ! Quand j'entrais chez elle, le dos bloqué et les épaules tétanisées, elle me prenait et me gardait dans ses bras. D'ailleurs, quand j'étais absente et qu'elle voyait ma remplaçante, elle faisait : « Oh, ch'est pas la mine, ch'est pas la mine, c't-y là ! J'prendrai le courrier quand che ch'ra la mine... » Et puis je vois, à la fin, à cause des calmants, je ne pouvais plus boire de café parce que ça me provoque des brûlures d'estomac, alors elle me faisait des crèmes... Quand elle est morte, ses filles m'ont donné le sucrier dont on se servait toutes les deux et puis les tasses où on buvait aussi...

— Quand on voit l'usage que vous voulez en faire, on se dit qu'elles auraient mieux fait de garder ça pour elles...

La factrice se prend le visage et pleure dans ses mains assassines. Le flic se demande si c'est la vanne qu'il a lancée qui la fait pleurer, l'évocation de la dame, l'avenir de ses enfants ou le bilan de sa vie coulée. Elle hoquette :

— Les jours d'après, les morts continuent à recevoir du courrier alors vous le réexpédiez et ça fait un petit pincement...

Gilles la regarde. Elle se ressaisit :

— Excusez-moi. Je suis ridicule... Vous devez me prendre pour une idiote.

— Mais non, madame. Moi aussi, d'être confronté à la mort dans mon travail, ça me fait quelque chose. Qu'est-ce que vous croyez ? Je suis comme vous...

XV

— Le problème, dans une enquête décès, c'est l'odeur. Si la personne est morte dans les quatre, cinq jours, ça va. Mais au-delà de dix ou onze, vous ne pouvez plus tenir. Il vous faudrait un masque ! Vous avez de ces odeurs... Regardez, une fois, je suis allé pour un décès. La bonne femme était suicidée au sixième étage. Eh bien, tous les voisins avaient quitté leur appartement pour aller dormir chez des amis ou des parents tellement c'était... Il y avait une odeur pestilentielle. Et les gardiens de la paix qui m'accompagnaient n'arrivaient même pas à monter jusqu'au sixième étage. Ils restaient au quatrième ou au cinquième. J'y suis entré, moi, dans l'appartement en me tenant le nez... Alors la bonne femme était assise, en culotte et soutien-gorge, sur un canapé et elle était noire de la tête aux pieds. Écoutez-moi, dans les premières constatations, j'avais marqué « Type africain » et quand j'ai trouvé sa carte d'identité, je ne comprenais plus. La femme, c'était une « Race européenne ». Elle avait changé. Sa pigmentation était devenue noire, noire... Et puis l'odeur ! Alors quand vous avez senti des trucs pareils, ça vous reste dans la tête. Surtout si ensuite vous suivez la femme à l'autopsie parce que là, c'est vraiment dégueulasse... Alors pendant quinze jours, vous voyez, vous n'avez plus envie de faire l'amour. Vous n'avez plus envie de rien et puis ça passe. Et pour vous aussi, madame, ça passera...

— Je n'y crois plus.

Le flic regarde la chevelure de la coupable et comprend le bonheur qu'il doit y avoir d'y plonger ses doigts nus.

XVI

Dire que Pontoise est déboussolé est peu dire... Il est totalement paumé face à cette femme dévorée de la plus légitime, de la plus pure, de la plus touchante des impatiences :

— Arrêtez-moi.

Elle est raidie, immobile et le corps droit.

Lui s'agite dans son uniforme bleu marine et dans des feulements de tergal, écarte les bras à droite, à gauche, ouvre partout dans le bureau des portes de secours. Il mériterait la médaille de sauvetage. L'écusson de police nationale rebondit sur son cœur au rythme des phrases que lancent ses lèvres comme des bouées, espérant que la criminelle s'accroche à l'une d'elles. C'est désordonné. Ça saute du coq à l'âne :

— Mettez ce souvenir à pourrir dans un trou. / Le remords est une cendre. / Bon, bien sûr on ne doit pas se faire justice soi-même sinon c'est le bordel. / Mais là, c'est fait, c'est fait. On ne peut pas revenir en arrière. / Toute nuit fait place au matin. / Les larmes s'évaporent.

Il parle en phrases camarades :

— Ce secret, vous le portiez toute seule. Maintenant, on l'a chacun sur une épaule et vous verrez comme il vous semblera moitié moins lourd.

Mais la femme hébétée reste dans son aura, paraissant ne pas trop s'apercevoir qu'à la grande roue des punitions, elle a quand même tiré le bon numéro. Il lui trouve toutes les excuses du monde :

— Et puis, ce n'est pas vous qui l'avez mis sur le congélateur. Moi, je dis que s'il n'était pas monté dessus, il n'en serait pas tombé !

La coupable, d'une pâleur sans fond, ne voit plus de halte à ses fièvres et cette nuit lui paraît être un collier sans fin ni fermoir. Le flic parle, parle front baissé, la saoule de paroles. Il lève sa tête vers elle :

— Que disais-je déjà ?

Les yeux de la femme sont si profonds qu'il y perd parfois la mémoire et le sens du devoir.

— Ah oui, ne vous livrez pas ! Vous ne savez pas ce que vous risquez au tribunal. Dans le meilleur des cas, si les jurés prennent en compte l'absence de préméditation et que vous vous êtes rendue, vous allez avoir quoi ? Moi, je dirais huit ans dont trois avec sursis... Mais si vous tombez sur des jurés connards et un proc vicelard qui va estimer que vous avez quand même mis du temps à trouver l'adresse du commissariat, alors là vous allez prendre le paquet : vingt ans incompressibles.

La femme a un tic à la paupière.

— Ah ben oui, reprend Pontoise, c'est un meurtre ! Alors vous vous rendez compte ? En plus vous êtes jeune.

Elle lui dit sa date de naissance. Le policier fait un rapide calcul mental et regarde le questionnaire de l'écran bleuté.

Âge : 42 ans.

« Quarante-deux plus huit, ça fait... Quarante-deux plus vingt égale... Quoi ? Ça veut dire qu'elle sortirait à... »

Pontoise appuie sur le bouton de la façade, coupe l'alimentation de l'ordinateur :

— Ah non, non, madame. Il faut encore réfléchir. Ne nous emballons pas.

XVII

— Mais monsieur, je suis une criminelle !

Parfois, lorsque la femme s'exclame, Gilles entend aussi le souffle d'une chute. Il perçoit comme un sifflement d'air remontant le long du corps de la repentie.

L'officier de police, qui ne tient pas en place, se lève, les yeux au ciel :

— Une criminelle...

Il contourne le bureau et, derrière l'ordinateur éteint, arrange le bouquet de roses dans son vase :

— Vous voulez que je vous raconte, moi, ce que j'ai vu rien que cette semaine ? J'ai vu, lundi, un bébé rôti sur une cuisinière. Ouais ! C'est sa mère qui l'avait mis à cuire. Et quand les pompiers sont venus, ils ont sorti un sac-poubelle et une spatule en fer parce que le gamin était complètement carbonisé. Alors ils ont donné des coups de spatule pour le décoller puis ils l'ont mis dans le sac-poubelle et ils sont partis. Ouais ! J'ai vu ça.

Il redresse les tiges, arrange le feuillage :

— Et puis j'ai vu, mercredi, une gamine de quatre ans... C'était la fille d'une Bretonne de vingt-deux ans qui vivait avec un garçon à peu près de son âge. Ce n'était pas lui le père. Eh bien, ils ont fait boire la gosse et après ils s'en sont servis de ballon de football. Ils lui ont donné des coups de pied, etc. Ils essayaient de se mettre des buts, chacun à un bout du couloir. Quand on a retrouvé la gamine, elle était couverte de bleus. Et à l'autopsie, on a décelé qu'elle avait bu du whisky.

Le policier retourne s'asseoir.

— Alors vous comprenez, madame, quand on a vu ces enfants et qu'on a entendu ce que vous racontez de votre mari, on se dit que ce ne sont pas tout à fait les mêmes victimes ! Ces femmes sont des dingues et des monstres. Et vous n'êtes pas comme elles ! Alors que personne ne vous demande rien, vouloir être incarcérée quand on est seule à élever trois enfants, ce serait de la folie !

— C'est plus fort que le devoir que j'ai envers eux.

— Mais madame, que peut-il y avoir de plus fort que le devoir d'une mère envers ses enfants ?

Tout d'un coup, il a le sentiment que cette femme, telle que dans son sommeil, est en pierre. Il regarde sur le lino, elle a l'ombre d'une statue. Il relève la tête vers ses genoux :

— Qu'avez-vous dans cette valise ?

— Du sable.

— Du sable ? Vous êtes venue au commissariat avec une valise de sable ?

Il se demande si elle ne relève pas effectivement du domaine psychiatrique.

XVIII

La femme ouvre son bagage d'enfant empli de flacons en verre de toutes les couleurs. On dirait un arc-en-ciel incarcéré. Elle explique qu'il s'agit de sables colorés pour faire des tableaux et qu'elle a appris ça à la maison de repos de Valognes :

— C'est un hôpital psychiatrique et je n'ai pas regretté d'y être allée parce qu'il y avait des activités et qu'on était très bien entourés. Bon, c'est un peu traumatisant quand on arrive parce qu'on fouille nos affaires. Une aide-soignante prend tout ce qui pourrait être dangereux : les ciseaux pointus, les aiguilles... Aux deux premiers étages, il y avait juste un vasistas qui s'entrouvrait dans les chambres. Moi, j'étais au troisième, où l'on pouvait ouvrir les fenêtres en grand. J'avais des barreaux mais forgés, donc ça ne faisait pas très enfermé. Une chambre particulière mansardée, vraiment très bien. J'y suis restée trois semaines.

Les mots quittent sa bouche, doux et tristes, comme un souvenir qui passe.

— Les premières nuits, je n'arrivais pas à dormir et n'osais pas déranger les infirmières. Quand elles l'ont appris, elles m'ont dit : « Ah mais si, il faut ! On est là pour vous aider. » Alors la nuit d'après, je les ai appelées. Elles sont venues à deux discuter un moment avec moi. Elles étaient vraiment très gentilles. Il y en a une notamment... je lui avais fait lire un mot que David m'avait écrit un jour où je n'allais pas bien, avec un dessin. Elle s'est mise à pleurer et m'a dit : « Oh là, là, mais vraiment, comme ils sont gentils vos enfants... »

La femme se regarde alors l'ongle d'un œil vide c'est-à-dire plein d'autre chose.

— Avec les autres malades, j'avais un super-contact. Il y avait des femmes en cure de désintoxication qui faisaient la coupure avec l'alcool parce que, là-bas, il n'y en avait pas. L'animateur pour les tableaux de sable, on l'appelait « Impeccable » parce qu'à chaque fois qu'on lui demandait ce qu'il pensait de nos travaux, il répondait : « Impeccable ». Alors c'était devenu son nom : Impeccable... L'atelier de tableaux de sable c'est pour essayer de changer les idées des gens, pour qu'ils se réhabituent à... pour les distraire de leurs soucis.

Le policier détaille l'intérieur de la valise ouverte face à lui, sur les genoux de la dame. Il y a aussi une bombe de colle en spray, des ciseaux à bout rond, du plastique adhésif roulé et des feuilles de papier.

La femme explique au flic qui s'en fout, qu'il faut d'abord vaporiser le papier de colle avant de saupoudrer le sable coloré. Et que le tableau apparaît tout entier au fur et à mesure qu'on retire les caches adhésifs... Mais qu'il faut faire attention parce que, quelquefois, des grains colorés se répandent sur la couleur voisine et alors...

— Quand du bleu déborde sur du rose, ça complique tout.

Elle raconte que, revenue de la maison de repos, elle avait continué les tableaux de sable, qu'elle faisait ça, les soirs d'insomnie, sur la nouvelle table de la salle à manger...

C'était elle dans la nuit, face à la baie vitrée et dos au couloir menant aux chambres closes des enfants. Elle étalait sur la table les feuilles de papier vaporisé et ses sables colorés. Elle utilisait aussi du vrai sable mais bon, là, dans la Manche... Par exemple, elle en avait pris sur Siouville et sur Port-Bail. Celui de Port-Bail est un peu plus fin mais la couleur reste la même. Il aurait fallu qu'elle connaisse des gens qui vont à l'étranger parce que là, il y a des sables différents. Elle n'en aurait pas eu besoin de beaucoup mais... Ah oui, elle aurait aimé faire des tableaux avec des sables de pays différents. Ç'aurait été magnifique, que du sable naturel mais...

Mais ce soir, comme à chaque fois qu'il y avait un mariage dans une famille de sa tournée, elle saupoudrait de sables artificiels les deux prénoms concernés avec des arabesques les liant puis inscrivait la date de l'événement. Ensuite, elle baissait les paupières et percevait le lointain reproche continuel et diffus de l'océan. Si la baie vitrée était entrouverte et que les voilages ondulaient parce qu'une brise venait, elle mettait ses mains devant les flacons pour que le sable ne s'envole pas.

— Mes tableaux, c'étaient des copies de paysages de calendriers de la Poste que j'offrais à mes clients. J'ai essayé les chats aussi puisqu'il y en a beaucoup sur les calendriers, mais c'est difficile. C'est compliqué parce que les contours ne sont pas nets à cause de la fourrure. Et puis les poils de chat, comment voulez-vous les faire en sable ? J'ai tenté en mettant plusieurs sortes de couleurs mais... Même en jetant un petit peu de sable en travers, ça ne rend pas bien. Je ne sais pas comment m'y prendre.

Ça semble important pour elle :

— Est-ce que vous savez ce qu'il faudrait faire ?

Le policier interrogé la regarde dans l'expectative. Comme s'il n'était pas déjà assez emmerdé, qu'il devrait maintenant aussi se demander comment faire des poils de chat en sable !

XIX

Pontoise a fantastiquement mal à la tête. Il y a quelque chose qu'il ne saisit pas dans l'acharnement au néant de cette femme. Il se demande si c'est d'ordre religieux.

— Non.

— Vous ne croyez pas en Dieu ?

— Je crois que quand quelqu'un qu'on a aimé décède, il vous protège.

— Ah oui ?

— Vous trouvez ça peut-être ridicule...

— Non.

— ... Mais je pense que, quelque part, maman m'aide. Le fait que ce soit face à vous que je me retrouve ce soir plutôt que devant un de vos collègues, c'est le petit coup de pouce qu'elle essaie de me donner. Vous êtes, monsieur, la chance que maman veut m'offrir.

Oh... Le policier est tellement ému par cette déclaration inattendue qu'il s'en mord la bouche. Ses dents déchirent une croûte de gerçure à sa lèvre inférieure. Une gouttelette de sang apparaît. Il pose dessus l'extrémité d'un index et suce son doigt. Il ne peut pas l'arrêter, il ne peut pas l'arrêter maintenant, ce n'est pas possible...

— Mais vous n'avez pas peur d'aller au trou, madame ?

— Si, j'ai peur... Petite fille, j'avais même peur des trous dans le pain.

— Oh...

— Je vous assure, les trous dans le pain, ça me faisait peur.

— Et pourquoi ?

— C'est arrivé quand Papa est parti.

— Et les trous dans le gruyère ?

— Non, le gruyère ça allait, mais les trous dans le pain, ça me créait des angoisses. À table, maman mettait un torchon dessus pour que je n'y pense plus.

Le policier songe avec raison que c'est autre chose qu'une miche de pain, un centre de détention. Il regarde, sur les genoux de la dame, la valise toujours ouverte face à lui :

— Est-ce que vous pensez réellement pouvoir aller en cellule avec vos petits flacons ?

— Je ne sais pas.

— Ah !

— Sinon, tant pis...

Le policier avait eu un rire sauvage.

— D'abord, avec votre sable, vous ne vous rendez pas compte du désert auquel vous vous condamnez...

Et il martèle du poing près de l'ordinateur éteint :

— Vous ne savez pas ce que c'est que la prison !

— Si, je le sais ! s'exclame la femme, un peu vexée qu'on la prenne pour une idiote. En maison de repos, je me suis habituée aux barreaux et, un jour, pendant ma tournée, en livrant le courrier, j'ai demandé à visiter la cellule de la gendarmerie près de la Poste et...

Pontoise lève les mains aux néons :

— Une cellule de gendarmerie de village ! Mais madame, les cellules... Vous verriez ici !

Il roule des yeux clairs dans ses orbites et lui narre un cauchemar moderne...

XX

Il lui raconte qu'ici il y a seize cellules dont la numéro trois, collective, où l'on peut mettre vingt personnes. Sinon les autres sont individuelles, les femmes à part au bout du couloir...

Chaque cellule est équipée d'une caméra de surveillance. Le gardien de la paix, à l'accueil, a seize écrans de contrôle alignés sous le comptoir.

— Parce qu'on doit veiller à leur sécurité. Quand vous placez quelqu'un en garde à vue, il est sous votre responsabilité. Et s'il y a un problème, c'est vous qui trinquez. Mais comment voulez-vous faire ?... Parce que ici, il nous tombe que des furieux et des dingues. Nous, ce qu'on a surtout ce sont des phénomènes de bandes, des violences urbaines... violences avec armes... des mecs qui attaquent, des jeunes qui vont chercher des fonds dans les trains en dépouillant les voyageurs... Mais dès que vous les enfermez ici, ils deviennent fous et s'explosent la tête contre les murs. Alors ça, c'est toujours embêtant parce qu'il ne faut pas qu'ils meurent là... Mais ils prennent de l'élan et se jettent contre les murs, alors que voulez-vous faire ? On ne peut pas mettre un gardien de la paix toute la nuit derrière chaque mec, ce n'est pas possible, on n'a pas les effectifs. Alors on les entrave aux pieds et on leur met un casque... Menottes aux poignets dans le dos et aux chevilles, comme ça ils ne peuvent plus s'élancer, vous voyez, et puis ils sont protégés par le casque de moto. Ils ont tous l'intégral rouge avec un cadenas à la gorge qui ferme aussi la visière pour qu'on les entende moins gueuler parce qu'il y en a qui ne font que hurler toute la nuit... Maintenant, le parquet ne veut plus de ça parce qu'il trouve que ce n'est pas tellement humain. Moi, je suis d'accord, mais que faut-il faire ? Le parquet ne le dit pas. Alors on les entrave quand même...

Pontoise raconte que justement, la BAC leur en avait livré un chargement de dix-huit en début d'après-midi — des ados impétueux qui ont attaqué la sortie d'une école maternelle à la grenade à billes.

— Je suis allé les voir tout à l'heure. C'est une hallu ! Je ne leur ai pas demandé ce qu'ils prennent eux, avec quoi ils se chargent, mais alors... Ah, vous les verriez, tout bruissants et scintillants de chaînes, à dix-huit debout dans la cellule, casqués de rouge, les yeux exorbités avec la vapeur s'échappant des visières... On dirait des grillons ! Et chiant les uns sur les autres et pissant sur les murs de verre blindé, les frocs en bas des pieds parce qu'ils n'arrivent plus à les remonter... Oh, c'est un spectacle ! Devant, il y a un banc. On a dû installer la vidéo parce que les gardiens de la paix qu'on asseyait pour les surveiller en live, au bout d'une semaine, ils voulaient tous se suicider.

La femme se demande si c'était vrai ou faux, ne sait pas mais en tremble d'appréhension.

— Ah non, non, madame. Vraiment, la prison, ça mérite réflexion. Ce n'est pas une vie.

XXI

Il tend un bras vers la porte derrière elle :

— La vie, c'est dehors, pas ici ! Réfléchissez.

— Ça fait des années que j'y pense...

— Eh bien, réfléchissez encore. Prenez l'air. Allez boire un coup.

Il lève la tête vers la pendule au-dessus de la porte :

— Bientôt dix heures, Le Grand Vertige doit être encore ouvert. Faites-moi plaisir, madame. Réfléchissez encore une heure. Et si vous avez envie de revenir, revenez. Sinon, ne revenez pas.

Il balance sa grosse main, munie de la bague, de gauche à droite. La pierre blanche sertie ressemble à une chaîne alpestre en miniature :

— Je n'ai pas votre nom... Je n'ai pas votre adresse... Je ne veux rien savoir... Il ne vous arrivera rien.

Il contourne le bureau pour fermer le manteau de la dame et la lever de sa chaise. Putain, que ses épaules sont dures !

— Madame, le mieux serait de ne jamais revenir me voir.

La femme vacille. Elle est peu sûre, comme un pied de convalescent, ne comprend plus rien. Elle n'avait pas imaginé qu'il pouvait être si difficile de se faire arrêter pour crime.

— Tenez, prenez ça aussi ! s'exclame Pontoise, sortant le bouquet de son vase et le ligotant de trois élastiques d'administration avant de le tendre à la dame.

L'eau du bas des tiges ruisselle sur son manteau.

— Ne me remerciez pas. Ce sont des fleurs que j'ai volées ! Comme quoi, vous voyez, on a tous un délit caché au fond de soi...

XXII

— Je vole des roses dans la ville d'à côté où j'habite.

Il explique pour sa défense que c'est l'agglomération de Normandie où l'on paie le plus d'impôts locaux et que ça...

— Ça commence à me faire chier ! Alors je me rembourse sur les fleurs.

Il raconte qu'au terminus du tramway, face à la mairie, il y a un mail avec des roses...

— Magnifiques. Non mais, regardez-moi ces pétales ! dit-il à la criminelle qui porte le bouquet sur un bras comme si elle avait été élue rosière de l'année.

Il relate que c'est avec le cutter qu'il a toujours dans sa poche (parce que si on l'attaque dans le tramway, il préfère être armé, hé, hé !) qu'il tranche les tiges une fois par semaine.

— Et, vas-y, j'te fais un bouquet de douze roses pour décorer mon bureau ! Mais vous savez qu'un soir... Tiens, c'était avant-hier. Je cueillais des fleurs devant la mairie à une heure du matin et v'la-t-y pas qu'une camionnette arrive et pile derrière moi. J'ai cru que c'était les flics. Attendez... de la camionnette, j'entends : « Qu'est-ce que vous faites là ? » Je me retourne. Putain, c'était trois Gitans dans une estafette. Alors j'ai pensé : « Tiens, des Gitans qui vont me traiter de voleur... » « Qu'est-ce que vous faites là ? Vous n'avez pas honte ? » qu'ils me disent. Et puis ils étaient agressifs. « Je cueille des fleurs. » « Vous n'avez pas le droit. » « Ben peut-être, mais je les cueille quand même... » Ils ont commencé à vouloir descendre de l'estafette alors je n'ai pas insisté et puis j'ai récolté mes roses le lendemain. Maintenant, elles sont à vous.

Il entrouvre la porte :

— Faites gaffe aux épines, hein ! Parce que moi, des fois, j'ai les mains toutes griffées.

Il pousse doucement la coupable dans l'accueil éblouissant :

— Vous n'aurez qu'à les mettre sur le congélateur. Allez, au revoir madame. « Avec les compliments de la police française ! » sourit-il en refermant la porte de son local.

Ouf ! Elle est partie... Il en est extrêmement soulagé. Mais il a aussi une brutale envie de pleurer, alors il tape, du front, contre le mur, ce qui fait vibrer la pendule.

XXIII

La nuit est douce. Une brise frontale de l'océan déplace à peine les chevelures. La femme à la valise au bout d'un bras et maintenant bouquet de roses éclatantes posé sur l'autre traverse l'avenue côtière suréclairée telle une somnambule hébétée. Les rémanences jaunes et rouges des phares et feux arrière des automobiles filent dangereusement, devant et derrière elle, traçant des fils lumineux au ras du manteau et de la jupe. Mais elle passe aussi sans encombre à travers les mailles du trafic de samedi soir.

Elle est comme seule au monde.

Arrivée sur l'autre trottoir, la factrice contourne l'hôpital maritime et retourne vers chez elle en longeant la plage. Les lumières des lampadaires de l'avenue étirent devant elle son ombre qu'elle suit comme un chemin.

Au ras des vagues à l'écume fluorescente et mousseuse, elle ouvre sa petite valise avec difficulté, embarrassée qu'elle est par le bouquet. Elle dévisse au vent tous les bouchons des flacons de sables colorés qu'elle vide ensuite dans la mer. On dirait une enfant libérant des oiseaux encagés. Elle rend à l'océan ses sables aux couleurs artificielles. Saupoudrant l'eau, ils y forment un arc-en-ciel tournoyant puisque le policier — elle pense Gilles — s'était moqué d'elle.

Après que la mer eut digéré ses couleurs et fut redevenue grise, la femme se retourne et remonte la plage vers le mur de la conserverie. Elle abandonne sa valise entrouverte dans une corbeille puis gravit les marches en ciment d'un escalier. Ses petites chaussures d'homme lancent des cris de sable écrasé.

Lorsqu'elle rejoint l'avenue qui tourne là, elle continue tout droit dans une rue qui monte et voit, là-bas, le Grand Vertige.

Pontoise, à son bureau, appelle l'accueil :

— Allô, Joliveau, est-ce que tu voudrais m'apporter un café ?

Il a la tête dans les mains lorsque ça frappe à sa porte.

— Entre !

Et c'est la femme qui entre.

— Monsieur, je ne vous quitterai plus...

Le cœur du policier bondit dans sa poitrine.

XXIV

Joliveau, jeune gardien de la paix de vingt-trois ans, arrive derrière avec le café de Pontoise qui demande à la femme :

— Vous en voulez un aussi ?

— Non merci.

— Merci Joliveau...

Lorsque la porte du bureau est refermée, la dame observe le policier qui touille son café sans rien dire, levant parfois les yeux vers elle.

Depuis qu'il a éteint l'ordinateur, la teinte bleutée s'est effacée de son visage et sa figure semble plus humaine. Il a une tête d'enfant incendié et une émotivité à fleur de paupières. Un air doux et désespéré. Les lèvres gonflées, desséchées et fiévreuses. Une tête de marin blond bouclé... de mousse plutôt, vivant un drôle de voyage dans les affres à bord de ce commissariat.

La femme est désolée de le déranger encore mais elle se doit d'insister et le lui dit. Il faut qu'il rallume son ordinateur, car demain ce sera trop tard.

— Pourquoi ?

— C'est la date anniversaire de la mort de Jimmy. Dix ans aujourd'hui. Demain il y aura prescription.

Pontoise fixe la femme. Connaissez-vous l'expression « Les bras lui en tombent » ?

XXV

Gilles essaie de se rappeler ses cours à l'école de police. On lui avait appris ce qu'était la prescription qu'on nomme aussi « Extinction de l'action publique » ou « Fin de la vengeance sociale ». *Fin de la vengeance sociale...* une expression qui l'avait toujours épaté.

Il se rappelle certaines phrases du code de procédure pénale comme : « *Un crime qui n'a pas été porté devant les tribunaux dans la limite du délai de prescription est estimé ne plus pouvoir être jugé* » (articles 6 et suivant).

Il lui semble qu'il y a cinq cas ou délais différents de prescription, mais lesquels ? Il n'arrive plus à se les remémorer tous. Il se souvient quand même qu'il y a extinction de l'action publique à la mort du coupable évidemment (on ne va pas faire le procès d'un cercueil aux assises). Deuxième cas de prescription : après un délai de trente ans pour les attentats terroristes ou les trafics de stupéfiants aggravés. Cas suivant... Gilles ne s'en souvient plus. Il faut dire qu'à l'école de police, il n'avait pas été considéré comme un élève brillant — reçu dernier à sa troisième tentative pour passer le concours. Quatrième cas, oublié également mais il connaît le cinquième — le plus classique —, fin de la vengeance sociale au bout de dix ans pour les crimes de droit commun. Il sait aussi que le délai de prescription ne court pas forcément à partir de la date du meurtre mais après la dernière ouverture du dossier. Et que c'est pour cela que dans les affaires douteuses non élucidées, on rouvre régulièrement les dossiers tous les quatre ou cinq ans afin d'y ajouter un nouvel élément, n'importe lequel... Un témoignage s'il y en a mais un numéro de téléphone suffit ou la carte de la météo : « *C'était un jour où il pleuvait...* » Bon, ben c'est un nouvel élément et on est reparti pour dix années où le coupable peut encore se faire gauler...

Mais là, concernant la femme, l'affaire n'avait pas semblé douteuse et le dossier très certainement jamais rouvert depuis — Pontoise en est convaincu —, si bien que les dates du crime et de la dernière ouverture du dossier se confondent.

— Merde alors ! Mais comment vous avez appris ça, vous, madame ?

— C'est le gendarme qui m'a fait visiter la cellule près de la Poste qui me l'a dit.

Pontoise lève ses yeux vers la pendule : vingt-deux heures trente. Il baisse la tête vers la coupable. Dans une heure et demie, il ne pourra plus jamais rien lui arriver. Mais comment va-t-il pouvoir ne pas l'arrêter jusqu'à minuit ?

XXVI

La factrice s'assoit et ouvre son manteau pendant que le flic réfléchit. Elle attend, ses mains calmes sur les genoux. Le policier remarque qu'elle n'a plus sa petite valise ni...

— Elles sont où mes fleurs ?

— J'ai noué mon écharpe autour des tiges et posé le bouquet contre l'immeuble devant la place de parking où Jimmy est tombé.

— Oh ben merde !

Pontoise se lève et déambule dans le bureau. À chaque pas, il pose un pied à un endroit du sol sans savoir où il posera l'autre. Il arrive près de la fenêtre donnant sur le boulevard. Dans la ruelle insalubre en face, un arbre, éperdument, jette ses bras au ciel car le lierre, à la longue, l'étrangle.

Gilles revient s'asseoir, la corde au cou comme à Calais. Il observe l'ordinateur. S'il y tape une lettre avant minuit, la procédure datée sera aussitôt engagée, inscrite dans le fichier central du commissariat et c'en sera fini de l'avenir de la femme...

Sur l'écran éteint, il voit le reflet de son visage de jeune homme au bout de lui-même, traînant déjà l'épave de sa vie après lui. Ne supportant pas sa figure, il tourne la tête vers la coupable. Et la sueur lui coulant tout le long du corps, contemple cette femme : ce vertige !

Celle-ci voit dans les iris bleu policier toute la détresse humaine. Dehors, un train passe comme un cœur battant de tous ses wagons.

XXVII

Il tente la mauvaise foi !

— Bon, ben d'accord, fait-il soudain d'un air détaché. On va s'occuper de votre cas mais il va falloir attendre parce que vous voyez, là, désigne-t-il plus loin dans le bureau, moi, j'ai cent cinquante dossiers de retard !

— Arrêtez-moi maintenant.

— Hou là, pas de précipitation madame. Il y a d'autres personnes avant vous. Vous patientez. Ici, c'est comme à la Sécu, il y a une file d'attente, c'est pareil... Il faut dire ça aux gens puisqu'ils ne comprennent pas. Ils veulent toujours être servis les premiers... Mais à vous qui êtes factrice, moi je dis que quand je vais chercher un timbre à la Poste j'attends deux heures ! Alors vous savez, on est pas pressé. Et il n'y a que moi comme officier de police ici, alors attendez. Vous nous avez fait attendre dix ans, je peux bien vous faire attendre deux heures...

— Vous savez bien que c'est impossible.

— Ah ben c'est comme ça. Alors je sais, on me dit : il faut que tu fasses ton travail. Mais il y en a tellement, tellement que je n'arrive plus à le faire. Il y en a trop, trop. Regardez ces trois piles de cinquante dossiers chacune. Là-dedans il y a des affaires datant de l'an dernier qui ne sont toujours pas réglées. Alors je me fais engueuler mais il y a aussi le fait que... Le code pénal français, c'est le meilleur du monde seulement il n'est plus approprié au rythme des événements que l'on vit maintenant tous les jours, à cette violence urbaine qui pète de tous les côtés !

Et le flic s'en désole en écartant les bras. Son fauteuil à roulettes s'éloigne du bureau et vient buter contre le mur situé derrière lui :

— Parce qu'une enquête, c'est quoi surtout ?

Il lève les yeux vers la pendule. Visiblement, il essaie de gagner du temps.

— ... Une quantité d'actes à notifier !

Il croise les jambes, tend le tergal de son pantalon et explique :

— Déjà, quand vous arrêtez un mec, il faut rédiger un procès-verbal de saisie. C'est-à-dire raconter comment vous l'avez interpellé, dans quelles conditions, dans quel cadre juridique. Ensuite vous ramenez le gars au boulot, alors il faut lui faire un procès-verbal de transport. Vous le placez en garde à vue : procès-verbal de garde à vue... Si l'arrestation a été difficile et qu'il a besoin d'un médecin, vous faites la réquisition médecin et vous l'actez. S'il faut un avocat et qu'il en a un, vous êtes obligé d'appeler celui qu'il veut. Alors ça, si c'est en pleine nuit, essayez de réveiller un avocat. C'est toujours difficile. Alors si l'avocat ne se réveille pas, vous devez acter que vous avez essayé de l'appeler à telle heure, à tel numéro, et que ça n'a pas répondu. Au bout de deux, trois appels, vous en appelez un d'office et vous rédigez un acte comme quoi vous l'avez fait !

Gilles croise ses jambes dans l'autre sens :

— S'il veut voir sa famille, bon, vous devez appeler la famille et l'acter. Ensuite, vous devez aller regarder les antécédents judiciaires du mec. Putain, s'il y en a quatre pages qui sortent de l'imprimante, vous devez tout reprendre sur un procès-verbal. Imaginez que, pendant ce temps, le gars foute le bordel dans sa cellule, qu'il tape comme un âne, qu'il se blesse. Putain, vous devez faire un procès-verbal d'incident en garde à vue...

Pontoise avance son fauteuil et cogne des deux poings sur son bureau :

— Bon, si le gars est là, c'est qu'il y a aussi des victimes, hein ! S'il a lancé un caillou dans une fenêtre d'appartement, vous devez recevoir les gens qui habitent l'appartement, taper leur déposition et leur en donner un double pour l'assurance. Et quand tout ça est terminé, vous faites enfin venir le mec dans votre bureau. Vous ne lui avez pas encore posé une question que ça fait déjà huit heures que vous êtes sur son affaire ! Alors vous l'interrogez : « Paraît que t'as lancé un caillou ? » « Ah non, c'est pas moi. Je l'jure sur la tête eud' ma mère ! » « Mais si, avoue. » « Ouais. » « Bon. » Il y en a pour deux minutes. Vous le replacez un temps en cellule, et après le bordel reprend.

Le flic gonfle ses joues comme un crapaud-buffle et souffle la suite :

— Vous appelez le procureur de la République de permanence. Alors, au lieu de l'avoir directement, le proc... vous pensez, ce sont tous les commissariats du département qui l'appellent... vous entendez une voix préenregistrée qui vous avertit : « Vous êtes huitième en attente. » Ah bon ? Alors vous baissez la musique du téléphone. Et puis quand c'est votre tour : « Oui, oui ! » Ah, vous le chopez le proc, et lui expliquez. Alors là, il vous dit : « Vous me le convoquez tel jour à telle heure dans six mois. » OK, alors vous faites un PV comme quoi vous avez appelé le proc qui vous a dit ça. Ensuite, vous faites une convocation par procès-verbal pour le mec... Puis vous reprenez, de mémoire, les codes de loi. Alors là, si vous vous trompez d'un article, c'est foutu. L'avocat plaidera : « Ah mais non, vice de forme ! Libérez mon client. L'article 417, ce n'est pas celui-là, c'est l'autre. »

Gilles se prend la tête dans les mains qu'il remue comme un polichinelle :

— Oh, là, là... Alors moi, ce que je dis, c'est qu'il est très bien le code pénal pour les gendarmes de village : ils ont une affaire par mois. Ils ont le temps de faire visiter les cellules aux factrices... Mais nous, on en a cinquante par jour alors on tombe sur le cul. Ah, la différence est là ! Il y a un manque d'effectifs dans la police. Ça, c'est sûr, hein. Alors va falloir attendre...

— Non.

XXVIII

Il tente la diversion !.. dit à la femme que, de toute façon, ce n'est pas elle qu'il aurait voulu arrêter, que c'est à Desnos qu'il aurait aimé coller les pinces :

— Vous connaissez ce mec ?

— Qu'est-ce qu'il a fait ?

— Il était hétéroclite.

Sur le coup, la femme se demande si c'est grave.

— C'est un poète que j'ai découvert lors d'un suicide ! Un prof de collège accablé s'était pendu chez lui. Dans sa bibliothèque, j'ai trouvé *La Liberté ou l'Amour*...

Il articule ce titre, les paupières alourdies de sous-entendus.

— En attendant le médecin-légiste, j'ai feuilleté le bouquin. Putain, ça m'a vachement plu ce qu'il disait Desnos ! L'autre, au bout de sa corde, n'en avait plus besoin. C'était un livre de poche, alors je l'ai mis dans la mienne.

Gilles donne ensuite son avis de policier affecté aux violences urbaines sur l'œuvre de Desnos, prétend qu'il pouvait écrire des vers aussi beaux que ceux de Verlaine et avoir des assonances à la Prévert et qu'il savait faire des comptines complètement connes aussi !

— Et qui sont encore connues, hein. Comme « *Une poule sur un mur qui picotait du pain dur, picoti, picota*... etc., etc., *et puis s'en va !* » Vous connaissez ça ? Putain, vos enfants ont dû l'apprendre à la maternelle. Eh bien, c'est lui qui l'a écrit ! S'exclame-t-il en tournant la tête vers l'ordinateur.

Il y surprend à nouveau son reflet dans l'écran et continue à plus ou moins inventer la vie de Desnos :

— Bon, bien sûr qu'il était différent dans sa forme de poésie ce mec mais...

Il s'examine écartant les mains avec fatalité :

— Alors je sais, on le prenait pour un con, on disait de lui : « Ouais, c'est pas un poète classique... Qu'est-ce qu'il fout là ? Incapable de faire son boulot. » Il a entendu ça pendant des années... Mais vous savez qu'une nuit, il a réussi à mettre sur page un sonnet onirique comme personne n'en avait jamais écrit ! Eh ben après, ses connards de collègues comme heu... Comment s'appelait-il ce con ? Jean-Marie de Heredia, c'est ça ? Jean-Paul ou Jean-Pierre... Je ne sais plus le prénom. Eh bien, c'était tellement beau ce qu'il avait réussi à faire Desnos cette nuit-là que, de Heredia, eh bien, ça lui a fait fermer sa gueule ! vocifère Pontoise en lançant un bras vers le bureau de Machebœuf.

Puis il se lève et étend ses membres supérieurs à tout le commissariat :

— Il leur a fait fermer leurs gueules à tous ses détracteurs, Robert Desnosse, Desnau... Quand on lit son nom, on ne sait pas comment le prononcer, râle-t-il en allant, voûté, à l'autre bout du local.

Il se retourne vers la femme :

— Ah oui, lui, j'aurais voulu me le garder pour la nuit. Vous vous rendez compte ? Une nuit face à Desnos... Ah, je lui aurais fait son interrogatoire : « Mais comment vous faites pour écrire comme ça ? Et le coup de la poule qui s'en va de sur le mur, comment vous est venue l'idée ? Ça a été difficile de la faire se barrer ? » Et puis je lui aurais dit : « Voilà, moi aussi quand j'étais ado, j'écrivais des poésies. Je vous les confie. Vous sortirez d'ici quand vous m'aurez arrangé tout ça. »

Pontoise croise ses bras et, de son corps, fait barrage au couloir des cellules en s'adossant à la porte grillagée :

— C'est vrai... Quand j'étais jeune et que je croyais à un tas de trucs comme un con, j'écrivais des poèmes. Je les ai gardés. Ils sont dans un de mes tiroirs. Vous voulez que je vous en lise un ?

— Non. Je préférerais que vous m'arrêtiez.

— Oh ben dites donc, ça fait plaisir ! On dirait Jean-Marie de Heredia...

XXIX

Gilles Pontoise se retourne et, front plaqué contre le grillage de la petite porte, il observe la cour du commissariat en songeant à Desnos... Un mec qui fait chanter les enfants dans les cours d'écoles maternelles, il aurait quand même eu du mal à l'envoyer à Drancy, surtout sachant qu'après... Le policier se dit que certains de ses collègues de l'époque avaient dû se trouver, eux aussi, dans de drôles de situations à la con mais...

L'empreinte du grillage gravée sur le front, il se retourne vers la coupable :

— ... Un mec qui fait chanter « Une poule sur un mur », je n'aurais quand même pas pu l'envoyer en camp de concentration ! Vous l'auriez arrêté, vous, Desnos ?

La femme ne répond rien. Gilles reprend :

— Et vous à ma place, moi à la vôtre, est-ce que vous m'auriez laissé aller au trou sans tenter de me sauver ?

À nouveau le silence seulement ponctué par le tic-tac de la pendule. La femme au front baissé redresse sa tête et la tourne dans le sens des aiguilles :

— Mais est-ce que vous avez le droit, monsieur, de ne pas m'arrêter ?

Gilles, au bout du local, étend ses bras bleu administratif :

— Eh non, je n'ai pas le droit ! Non-dénonciation de crime, vous plaisantez. Quand vous êtes de la police, vous filez direct aux assises !

— Alors pourquoi vous le faites ?

— Ah ça, venant de votre part, c'est bien le genre de leçon que j'ai à recevoir ! Et vous, pourquoi vous vous dénoncez ?

La femme continue sur sa pensée :

— Et si ça se savait votre manière d'agir ? Et si demain, moi, je disais à quelqu'un : « Hier, je suis allée avouer un crime au commissariat. Le policier a refusé de m'arrêter » ?

— Eh bien, je me défendrais, se redresse Pontoise. Je dirais : « J'ai cru que c'était une folle. Quand elle m'a dit qu'elle venait se dénoncer la veille de la prescription, j'ai pensé que j'avais affaire à une femme débile. » Alors, au tribunal, ils me demanderaient : « Mais vous n'avez pas été vérifier dans les archives ? » « Je n'y ai pas pensé. » « C'est une erreur... » « Oui, mais ce n'est pas une faute ! » Ah, je me serais défendu et, à votre place, je ne me serais pas rendu non plus. Ne serait-ce que pour les enfants, je ne me serais pas livré... Oh, et puis merde, même s'il n'y avait pas les gosses et que j'aurais souffert comme ça pendant sept ans, je ne me serais pas livré non plus. Je me serais dit : « J'ai enfin réussi à me débarrasser de ce con sans me faire choper, c'est très bien comme ça. » Ah oui, je ne me serais pas emmerdé avec le remords, moi. Le remords, ça m'en touche une sans bouger l'autre.

— Mais monsieur, il faut bien finir par dire la vérité...

— Mais pas toujours, madame, pas toujours. Il y a des fois où dire la vérité serait de la pure connerie !

Gilles, claudiquant, revient vers son bureau, cherchant des exemples de situations types où il serait impossible de dire la vérité. N'en trouvant pas, il fouille dans sa propre biographie en tournant sa chaise à l'envers... Il s'assoit dessus à califourchon et, avant-bras croisés sur le dossier, après avoir hésité quelques secondes, il se lance.

XXX

— Il y a maintenant douze ans de ça, je venais de passer, pour la troisième fois, mon concours d'entrée dans la police. J'attendais les résultats pour le lendemain...

... Et la veille, Gilles, avec trois de ses copains, était au Jean XXIII Bar, un café de Lisieux, lorsque soudain, dans ce bistrot au pied de la basilique, on se serait cru dans un film de cow-boys.

Un grand mec costaud, avec plein de cheveux bouclés, entra dans le café, fila tout droit vers le bar et arriva derrière un copain de Gilles accoudé. Le grand bouclé chopa le copain par le col, le jeta dans la salle, prit sa place au comptoir et commanda une bière.

— Avec les autres, on s'est regardés. C'est quoi, ce bordel ? C'est qui, ce mec ?

Le copain jeté sur le carrelage se releva et vint mettre une droite au bouclé.

— Dites donc, l'autre bougea à peine...

Mais tous les barmans arrivèrent pour que la bagarre se continue à l'extérieur du bistrot.

— Surtout qu'à l'intérieur, c'était quoi la clientèle ? On était à Lisieux, hein ! C'étaient des religieuses devant des Marie-Brizard, des curés, des gens en pèlerinage.

Et puis, bon, les deux autres se cassaient la gueule sur le trottoir. Mais en fait, le costaud bouclé, à genoux sur le copain, prenait vraiment le dessus.

— Alors là, tout comme vous madame... je ne sais pas ce qui m'est passé par la tête mais...

Gilles prit trois pas d'élan sur le trottoir et shoota dans la tête du grand bouclé.

— Tiens, je t'entends crac, et je vois ses yeux qui se retournent, pouh, que du blanc. Et il ne bougeait plus !

Alors là, Gilles se dit : « Ben voilà, j'ai tué un mec... La veille du résultat de mon concours d'entrée dans la police, je tue un mec. »

Et à ce moment-là, dites donc, une camionnette de CRS arriva dans la rue !

— J'ai dit : « C'est pas vrai... Alors, qu'est-ce que je fais ? » J'ai pensé : « Si je me casse, le patron qui me connaît va dire que c'est moi qui ai tapé. » Alors j'ai décidé : « Bon, ne paniquons pas, retournons au bar... »

Tous les copains de Gilles s'étaient enfuis bien sûr. Et lui attendait seul au comptoir. Les CRS déboulèrent au Jean XXIII Bar et commencèrent par coller une amende au patron parce qu'il était encore ouvert à plus de deux heures du mat. Ils appelèrent une ambulance pour le costaud explosé sur le trottoir et posèrent des questions : « Qui c'est qu'a fait ça ?

Qui c'est qu'a fait ça ? » « Ah ben, on ne sait pas. On ne sait pas. Il a pris un coup mais qui lui a donné, on n'a pas vu... »

— Heureusement que je suis resté ! Parce que si j'étais parti, le patron m'aurait dénoncé. J'en suis certain.

Et puis bon, le temps passe. Gilles est reçu au concours de police et affecté ici, dans ce commissariat du boulevard.

— Des années après... au cours d'une enquête dans la cité des Musiciens, je deviens l'amant d'une concierge d'immeuble.

Gilles hésite quelques secondes avant de raconter la suite parce que tout de même... Oh, et puis merde !

— C'était une femme aux seins mous comme des fromages avec un sacré nom de Dieu de rouge à lèvres. Et régulièrement, vers dix-huit heures, dix-huit heures trente, j'allais prendre l'apéro chez elle, avaler trois cacahuètes et lui en mettre un petit coup. Mais un soir...

Gilles arriva dans la loge et le mari de la concierge était là.

— Un balèze rasé qui commence à me tutoyer : « Ah, t'es de la police, toi ? Je ne t'ai jamais vu dans le quartier. T'es d'où ? » Et moi, je lui réponds que je suis de Lisieux. « Ah putain, qu'il me dit, ne me parle jamais de Lisieux ! La seule fois de ma vie où j'y suis allé, il y a un mec, devant un café, qui m'a shooté dans la tête et je suis resté quinze jours dans le coma à l'hôpital, entre la vie et la mort. »

Puis le mari fit craquer toutes ses phalanges : « Je ne l'ai aperçu qu'une fois, ce fi' d' garce, mais si je le retrouvais... »

— Alors moi, j'ai pensé... Attendez, je me demandais si je rêvais. Quand j'ai reconnu la tête de ce con, oh putain ! Et puis on voyait qu'il était baraqué, le mec... Alors j'ai dit : « Bon, eh bien moi, je ne vais pas m'attarder... Ça va, je vais y aller. Au revoir. Merci pour l'apéro. » Et je me suis cassé...

Pontoise décroise alors ses avant-bras de sur le dossier de la chaise, se penche vers la femme en tapant métronomiquement d'un doigt sur son bureau.

— Alors maintenant, je vais vous poser une question. Oui ou non, est-ce que, pour appliquer votre méthode, vous pensez que j'aurais dû dire au mari : « C'est moi qui vous ai shooté dans la tête et en plus je baise votre femme tous les soirs » ?

Il se redresse et écarte les bras :

— Franchement !

Il referme ses bras :

— Est-ce que, tout comme vous, me dénoncer ainsi n'aurait pas été de la pure connerie ?

Il tape du doigt sur son bureau :

— Oui ou non ?

Il tourne la lampe articulée de son bureau et en projette le faisceau éblouissant dans les yeux de la femme :

— Répondez ! Répondez, je suis de la police ! Répondez !

Les quatre-vingts watts de l'ampoule aveuglent la repentie qui se protége d'un avant-bras devant le visage en s'écriant :

— Vous, ce n'est pas pareil, vous vous moquez de tout... Je ne comprends même pas comment vous pouvez être de la police. Vous ne respectez rien, ne croyez en rien ! sanglote-t-elle.

— Quoi ?

Pontoise rabat le faisceau de la lampe vers le sous-main, ouvre un tiroir de son bureau dont il sort un flacon en plastique représentant une Sainte-Vierge qu'il agite devant lui :

— Et ça, c'est qui ? Miss Monde ?

Il place la maman de Jésus debout sur le buvard. Elle trône dans une robe granuleuse bleue et sa tête se dévisse comme un bouchon. Un liquide transparent emplit sa poitrine et ses bras.

— Vous avez vu sa robe en sable chimique comme vos tableaux ? C'est une Sainte-Vierge qui prévoit la météo. Quand son habit devient rose, il fera beau.

Il regarde la tenue bleu outremer de la Vierge :

— Demain, il fera un temps de merde.

La femme paraît très surprise que ce policier ait une Sainte-Vierge dans son tiroir.

— Je vous l'ai dit, je suis de Lisieux ! Et là-bas, on adore ça, les statues d'église. Même que quand je dois partir pour une arrestation difficile, je fais une prière.

— Vous priez, vous ? s'étonne la coupable.

— Ben alors ! Il y a des fois, pour des arrestations... Quand je sais que le type à serrer est superdangereux, susceptible d'être armé et qu'il n'aura pas peur de me tirer dessus, je fais une prière... Mais comme je préfère les nanas aux mecs, je fais un « Je vous salue Marie » et pas de « Notre-Père ». Et puis dès que la prière est terminée, je dis aux gardiens de la paix qui doivent m'accompagner : « C'est bon, les gars. Maintenant, on peut y aller. Pas de problème. »

La femme, élevée sans éducation religieuse, demande :

— Mais comment vous la formulez la prière qui exaucera vos vœux ? Qu'est-ce qu'on dit ?

— Ben, je vous salue Marie pleine de grâce !

— Et puis ? demande la femme qui ferait bien, elle aussi, une prière cette nuit.

— Ben, heu... Vous ne savez pas ? Bon, ben...

Gilles baisse les yeux vers le bouchon du flacon en plastique dressé sur le buvard :

— Je vous salue Marie pleine de grâce. Le Seigneur est avec vous.

Il lève la tête vers la coupable :

— Vous êtes bénie entre toutes les femmes et...

Il a un trou de mémoire :

— Alors attendez, ah putain ! C'est pas vrai, ça... C'est parce que je ne suis pas habitué à faire des prières devant des gens assis sur votre chaise...

Il se prend le visage dans les mains pour se reconcentrer et de sa voix caverneuse, parce qu'au creux des paumes, continue :

— Jésus, le fruit de vos entrailles est béni ! Sainte Marie, mère de Dieu, priez pour nous, pauvres pécheurs...

Tout en récitant sa prière, il pense : « Si Gâtebois ou Machebœuf me voyaient... », va malgré tout jusqu'à « Amen ! » puis retire les mains de devant sa figure et dit à la femme :

— Et ça, ça me rassure, vous voyez ! C'est comme si j'avais un gilet pare-balles. Après, je n'ai plus peur.

Il se redresse alors et retourne sa chaise dans le bon sens pour s'y asseoir convenablement :

— Mais un jour, je devais interpeller un mec. Je ne savais pas qui c'était... Parce que moi, le matin, je prends les dossiers dans l'ordre et souvent, ce ne sont même pas des enquêtes que j'ai poursuivies. Bon, j'avais l'adresse... J'arrive devant l'immeuble, on monte les étages... Je dis « on » parce que j'avais quatre gardiens avec moi car je n'y vais pas tout seul sur ces affaires. Il faut quand même choper le mec, le menotter, le ramener, tout le bordel... Alors j'arrive devant l'appartement et je vois écrit sur la porte : 666. Merde, le chiffre du démon ! Les trois six... Six, six, six. Le chiffre de Damien, vous savez, dans la malédiction, qu'il avait tatoué sur la tête, hein. L'antéchrist, c'est 666. Je me dis : « Je viens de faire une prière à Marie et j'arrive devant le symbole du démon... C'est un signe. C'est Marie qui me dit de ne pas y aller ! » Alors j'ai décidé : « Putain, je n'entre pas chez celui-là, moi. » et j'ai ordonné aux gardiens de la paix : « On se barre. » Alors, vous pensez, les gardiens... « Mais pourquoi ? » « C'est comme ça. » Je ne pouvais pas leur dire qu'on repartait à cause du numéro de la porte. « Je donnerai le dossier à Machebœuf... » On prend les voitures, on rentre au commissariat... Ben, écoutez-moi bien, madame. Je regarde quand même à qui j'aurais dû avoir affaire. J'ouvre son dossier. Vous savez comment il s'appelait le mec ? Lepape.

Gilles répéte le nom en écarquillant les yeux :

— Lepape !

Il écarte aussi les bras :

— Eh bien, la Sainte Vierge, elle ne voulait pas que j'arrête Lepape.

Puis il tend un doigt qu'il agite comme un essuie-glaces devant le nez de la coupable :

— Et je ne suis pas tellement sûr qu'elle ait envie que je vous arrête non plus !

— Pourtant, il faudra bien...

Las d'avoir épuisé la gamme du possible, Pontoise ne sait plus que dire. La langue gonflée, épuisé de parler, il regarde la pendule. S'il n'y avait la trotteuse tournoyante des secondes, il croirait qu'elle est en panne. Gilles n'en revient pas. Tout ce qu'il a dit à la femme depuis son retour n'a pris qu'une demi-heure. Il se demande comment il va encore pouvoir tenir une heure face à elle, prise entre l'attirance de la terre et le poids du ciel comme une loi physique.

— Mais comment pourrais-je vous maintenir en l'air, madame ?

— Laissez tomber.

XXXI

Tic, tac, tic, tac... Gilles desserre le nœud de sa cravate sombre. Ses grosses mains envahies de poils blonds déboutonnent aussi le col de sa chemise claire afin de donner un peu d'air à sa gorge.

La femme suit le remuement vertical des doigts policiers ouvrant le blouson alourdi d'écussons métalliques peints en bleu, en blanc, en rouge...

Les pupilles de la coupable tournent ensuite, d'un côté puis de l'autre, suivant le curieux caillou blanc serti dans la chevalière dorée de la main gauche du lieutenant qui retire aussi les boutons de manchettes de sa chemise. Pontoise perçoit le déplacement latéral des prunelles de la femme :

— Vous regardez la pierre de ma bague ? C'est la prémolaire d'un dealer de Cherbourg. À l'issue d'une interpellation mouvementée dans une cage d'escalier, je l'ai retrouvée plantée dans une de mes phalanges. Ce con avait le scorbut. Sa dent, je l'ai fait monter en bague.

La femme, rictus à droite des lèvres et sourcils bruns s'élevant, dandine la tête d'un air consterné.

— Ah ben, je sais ! reconnaît Pontoise. Mais qu'est-ce que vous voulez ? Si j'avais été moins con, je ne serais peut-être pas entré dans la police.

Il soupire :

— Quand on me demande ce qui me plaît encore dans ce métier, je réponds : « Pas grand-chose... » J'y suis entré très peu par vocation et maintenant j'y reste surtout par lâcheté, parce que je ne suis pas capable de faire autre chose...

Gilles tourne sa chaise sur un côté, glisse ses fesses au bord de l'assise et place la cheville d'une jambe par-dessus le genou de l'autre. Bien installé, il s'empare du flacon de Lisieux toujours dressé sur le buvard vert mousse. Il dévisse la tête de Marie, boit une goulée puis tend la Sainte Vierge à la coupable :

— Vous en voulez ?

Celle-ci regarde Gilles, ébahie.

— Mais non, je ne bois pas d'eau bénite, répond l'autre. Qu'est-ce que vous croyez ? C'est un mélange d'éther, d'alcool à quatre-vingt-dix et de cachets vétérinaires dilués. Ah ben, maintenant, il faut ça pour tenir dans la police !

La femme reconnaît l'odeur d'infirmerie qu'elle avait sentie en entrant dans ce local.

— Je demande les recettes de cocktails aux délinquants pendant les interrogatoires : « Bon alors, qu'est-ce que tu prends, toi ? Raconte-moi. Éther, alcool à quatre-vingt-dix et cachets vétérinaires ? Quoi comme cachets ? Fortifiants pour ovins ? Comment appelles-tu ce mélange ? Un Tremblement de terre ? »

Pontoise siffle le reste de Marie pleine de grâce :

— Ah, que ce flacon est petit et que ma soif est grande !

Un goût frais glacé, un peu âpre, lui dessèche davantage les lèvres. Il sent en lui le cheminement du poison, son breuvage — la panoplie de sa mort.

— Mais aussi, madame, il y avait quand même d'autres moyens de vous débarrasser de ce mari ! Plutôt que de le jeter par la fenêtre, vous auriez pu vous séparer, divorcer, et ce soir, tous les deux, on serait moins emmerdés... On aurait pu ne se rencontrer que demain pendant mon jour de congé, je ne sais pas où, à la sortie d'un ciné : « Bonjour. Allez-vous bien ? Je m'appelle Gilles. Et vous ? »

Pontoise rêve tandis que la femme soupire :

— Je ne voulais pas divorcer parce que je ne voulais pas que mes enfants soient élevés sans père comme je l'ai été. J'avais toujours espoir que ça s'arrange et puis...

— Et puis...

Le flic à la dent humaine montée en bague se masse, des deux mains, les cervicales. Il lui semble que, de sa vie, il n'a jamais eu aussi mal à la tête qu'aujourd'hui. Il bat à sa tempe gauche quelque chose de très inhabituel chez lui. Il se lève lourdement et s'étire, disant :

— Je vais prendre de l'aspirine. Je reviens...

En quittant le bureau, il rigole :

— Ne vous sauvez pas !

XXXII

Gilles traverse le hall suréclairé jusqu'à la porte de l'infirmerie située près du comptoir de l'accueil.

Trois aspirines du Rhône dans un gobelet, il revient dans le hall en remuant l'eau et contemple les murs décorés d'affiches officielles : « Règlement interne », « Liste des avocats d'office », un paysage des Alpes, « Engagez-vous dans la police ! »

Paire de menottes retenues à gauche de sa ceinture et pistolet Manurhin à droite, dans son étui en cuir, Pontoise va s'asseoir sur les marches de l'entrée pour respirer l'air du boulevard.

Un réverbère que le vent balance fait osciller, sur le goudron, ses longs rayons jaunes. Le reste n'en est que plus noir.

Des étoiles plein la gorge, Gilles renifle les mots de parfum qu'échangent entre eux les arbres et la fade exhalaison de la vie qu'on traîne. À gauche, l'odeur des varechs remonte de l'océan. Là-bas, le phare tournant. Il passe des cargos sur l'horizon lointain.

Le policier a envie de nager comme on dort, les yeux au ciel, sur le dos de la mer... songe au chaos de nous-mêmes, à l'erreur de se rencontrer.

Gilles se lève, plein de larmes coulant sur ses joues qu'il essuie d'un revers de manche en allant vers le gardien de la paix au comptoir de l'accueil. Joliveau, prenant son gobelet vide pour le jeter dans une corbeille, lui demande :

— Ça ne va pas, lieutenant ?

Pontoise retourne dans le local et ferme la porte derrière lui.

XXXIII

Le policier, en entrant dans son bureau, découvre que la femme avait appuyé sur le bouton de la façade de l'ordinateur. L'écran est allumé.

L'officier de permanence s'installe dans la lueur bleutée et dans son rôle que lui impose la coupable. À maintenant vingt-trois heures dix, elle pense qu'il est temps d'en finir.

« Mais putain, elle va me faire chier jusqu'à quand, celle-là ? » pense Pontoise.

— Minuit au plus tard, répond la femme.

Gilles la regarde comme une fatalité.

— C'est comme si j'avais toujours su qu'un jour ou l'autre, j'aurais rendez-vous avec vous... D'une certaine manière, je crois que je vous attendais.

Un pressentiment redouté et espéré à la fois.

Pontoise se prend la tête dans la main gauche. Ses doigts s'étalent, en bandeau vertical, lui masquant la moitié du visage. Son œil à vue couve la femme de compréhension et de fraternité, le cœur battant dans sa pupille humide.

Mais de l'autre côté, la prémolaire encastrée dans la chevalière recouvre l'œil masqué telle une prothèse sèche. Une tache de carie centrale lui octroie l'illusion d'un regard fixe. La cornée d'émail dentaire est excavée de vallées et des crêtes se tendent horizontalement vers la femme comme pour la mordre.

Un œil qui condamne tandis que l'autre acquitte... La place exacte de Gilles est entre ses deux yeux.

Allô, Corneille ? Quelle situation ! Cette fois-ci, le flic est vraiment pris entre la raison d'État et la raison du cœur.

Le policier au double regard demande :

— À quoi pensez-vous, madame ?

— À Maman.

XXXIV

— Quand Papa est parti, Maman a eu les yeux creux et a fait âgée.

Les choses dites comme par hasard, sans y toucher.

Si elle se rappelle avoir eu une mère, elle préfère ne plus trop évoquer son géniteur.

— Je m'en souviens à peine, comme au fond d'une autre vie.

Mais elle a en mémoire les années qui ont suivi et le rituel, en juin, des cadeaux de fête des Pères confectionnés à l'école.

— Alors j'essayais de bien lui faire, même si je savais qu'il ne le verrait pas.

Elle se rappelle la frustration de ne pouvoir offrir sa planchette peinte d'un paysage marin avec des crochets pour suspendre les clés ou son sablier à œufs coque.

— Sinon, j'ai aussi le souvenir d'un livre de morale que j'aurais bien aimé retrouver, dit la criminelle. J'avais une institutrice que j'aimais beaucoup, Mme Deshaies, qui nous lisait une page de morale par jour en primaire et ça m'est resté... Beaucoup plus tard, quand mes enfants ont grandi, je lui ai un jour téléphoné pour savoir ce qu'elle avait fait de son livre de morale. Elle m'a répondu : « Je l'ai donné à mon fils qui en a bien besoin... » Puis elle a rajouté : « Peut-être que tu le trouveras en solderie. » J'aurais bien aimé le retrouver pour en lire des pages à mes enfants mais maintenant c'est trop tard... Il y avait des choses sur la politesse, le respect de ses parents... ne pas voler, ne pas mentir... savoir rendre des services aux gens. C'était un livre qui n'était pas coupé droit...

Non massicoté.

— Les bords des pages étaient déchirés comme les livres anciens. À chaque fois, dans les marchés, quand je voyais des bouquins qui ressemblaient, je regardais mais ce n'était jamais ça. Sur la couverture, il devait y avoir écrit : « La leçon de morale »...

Elle prononça ce titre, pleine d'élégance et de grandeur : « La leçon de morale » comme un titre de chant de chorale.

Ah, si Mme Deshaies savait que j'ai tué mon mari et que je ne me suis pas dénoncée...

XXXV

La criminelle baisse la tête avec un regard fouilleur plein de tristesse. Ce regard, telle une vrille, fore le sol sous sa chaise, pompe à lui ce qu'il y a dessous et quel abîme.

— Depuis quelque temps, toutes les nuits, je fais le même cauchemar...

Elle est assise à l'arrière de sa voiture et devant, ses enfants conduisent ensemble sur une route de nuit qu'éclairent les phares. Ils vont trop vite. Elle leur dit de ralentir, leur crie de s'arrêter mais ils accélèrent et ils rient, jetant la pédale du milieu et le frein à main par la portière.

Les peupliers d'Italie qui bordent la route lancent leurs ombres dans les prairies, s'y étalant à l'infini comme des barreaux. La mère supplie ses enfants de ralentir, les en conjure, mais ils n'arrivent plus à freiner et ils rient. Alors elle leur tape dessus puis découvre sur la banquette, auprès d'elle, un grand couteau et une hache. Elle les poignarde dans le dos, le cou, car ils rient et accélèrent encore. Puis à coups de hache, elle leur tranche les mains, les bras... Leurs trois têtes décapitées, en l'air, se retournent vers elle en riant. Ils vont de plus en plus vite. Il y a de l'hémoglobine plein la voiture. Elle s'y noie, suffoque et s'étouffe dans le sang de ses enfants.

— Alors, quand c'est comme ça, je me réveille et je pleure.

— Oh, ben putain, mais pourquoi vous faites des cauchemars pareils ?

— Mes enfants sont méchants avec moi...

— Quoi ?

XXXVI

23 h 20. Pontoise, se redressant, gonfle tant sa poitrine qu'il en déchire les boutonnières de sa chemise cintrée. Il faut dire que la mixture avalée tout à l'heure commence à faire son effet.

Sous la cravate sombre, les boutons nacrés filent sur les côtés tombant au sol ou roulant en spirale sur le bureau. Il tape du poing gauche ! La prémolaire crève le sous-main jusqu'au bois tandis qu'il se mord les lèvres au sang. Sous les croûtes de gerçures, les plaies s'ouvrent comme des bouches de nourrisson.

— Ah, les enculés de leur race ! Les fils de pute !

Il se reprend :

— Ils tiennent de leur père ?

Ses yeux bleus lancent des éclairs cinglés comme des fouets. Les enfants, les enfants de la femme... Il jure qu'il va se faire un collier de leurs dents !

Le sang, coulant de ses lèvres, roule jusqu'au menton qu'il essuie d'un revers de manche tandis que la coupable, aux commissures vibrionnantes, soupire :

— Ils se doutent de ce que j'ai fait...

Elle raconte comment elle s'est aperçue de leurs soupçons. Tout d'abord, après la chute du père, la méningite de David — fils aîné, sept ans à l'époque.

— La méningite de David quelques semaines après la mort de Jimmy... La nuit, je me réveillais car il me semblait entendre le téléphone sonner ou quelqu'un frapper à la porte. David étant hospitalisé en pédiatrie à Caen, je croyais toujours qu'on allait m'annoncer qu'il lui était arrivé quelque chose. Je passais mes journées de congé à le regarder derrière le carreau car je n'avais pas le droit d'entrer dans sa chambre. La nuit, je prenais la voiture et, Cédric et Jennifer couchés à l'arrière, j'allais sur le parking de l'hôpital. Je restais sur le parking. J'avais tellement peur qu'il arrive quelque chose.

Lorsque la jeune maman s'endormait, écrasant de son front le klaxon du volant, la voiture hurlait dans la nuit étoilée sur la place quarante-sept du parking désert de l'hôpital.

Quelques années après (dans la semaine anniversaire de la mort de Jimmy), rentrant de tournée, la factrice découvrit sur le nouveau buffet en bois vitrifié acheté au centre commercial de la Glacerie, une photo encadrée de son mari.

La veuve eut un pli de bouche et n'a rien dit. Les enfants avaient ressenti le besoin d'avoir dans l'appartement une photo de leur père, elle ne fit aucun commentaire. Eux non plus. L'année suivante, la même photo était en deux exemplaires sur le buffet, puis trois. « Chacun la leur... » pensa-t-elle. Mais ensuite, il y en eut beaucoup plus.

Tous les ans, quelques jours avant l'anniversaire de son veuvage, elle en trouvait davantage.

Cette photo de Jimmy — celle de sa carte d'identité telle ou agrandie en photocopies noir et blanc —, elle la retrouvait dissimulée dans des quantités d'endroits insolites de l'appartement. Dans la cuisine, lorsqu'elle ouvrait un placard, elle découvrait la tête de son mari punaisée sur la face interne de la porte en format A 4. Soulevant une tasse, elle le retrouvait, au centre de la soucoupe, de la taille d'un timbre. Le tampon circulaire « République française » empiétait sa gorge comme un cachet de la Poste faisant foi. Lorsqu'elle plongeait le doseur dans la boîte à café moulu, elle remontait le visage de Jimmy dominant un monticule d'arabica. Alors...

Alors elle revissait le couvercle de la boîte, reposait la tasse, refermait la porte et ne comprenait pas. Tous les ans, c'était pire. Elle se demandait ce que cela voulait dire. Au début, elle en avait souri avec tendresse puis ça l'avait inquiétée.

Les derniers temps, ça virait à la torture. Dès qu'elle soulevait quelque chose — un objet sur un meuble —, elle découvrait dessous la tête de son mari.

Pendant son absence ou quand elle dormait, statufiée dans sa honte, des petites photocopies découpées aux ciseaux, ils en cachaient aussi dans ses flacons de sables colorés. Elle en trouva même dans ses sous-vêtements. À la fin, elle n'osait plus toucher à rien chez elle, de crainte de voir ressurgir partout le fantôme de celui qu'elle avait tué.

Pontoise l'écoute, stupéfait, sans s'apercevoir que le sang coule toujours de ses lèvres, perle au menton et goutte sur le col de sa chemise.

La femme met la main dans une poche de son manteau afin de lui proposer un mouchoir pour s'essuyer :

— Tiens, qu'est-ce que je disais...

Comme par magie, du mouchoir qu'elle déplie, une poignée de petites têtes photocopiées de Jimmy tombent en pluie sur le bureau.

Gilles en tourne une vers lui pour voir la mine qu'il avait.

Sur le buvard, la Sainte-Vierge vide est toujours dressée dans sa robe granuleuse outremer. À ses pieds, sa tête-bouchon aux traits classiques repose sur une joue. Une larme de produit vétérinaire lui coule d'un œil et vient goutter sur une des petites photocopies qui a glissée sous sa tête comme un oreiller.

Marie pleure sur Jimmy... Le flic de Lisieux se demande bien pourquoi et ne sait comment traduire ce signe. Que veut-elle lui dire ? Pas d'arrêter la coupable tout de même ?

XXXVII

La femme raconte ensuite la journée du samedi en huit précédant son arrivée au commissariat.

Partie de chez elle à six heures du matin pour aller faire sa tournée, elle avait ensuite quitté sa tenue de factrice pour mettre un tablier de serveuse.

— Afin de compléter mon salaire, le samedi, je faisais des extras d'hôtellerie.

Engagée par ses clients, elle servait des vins d'honneur ou des dîners de mariage pour améliorer l'ordinaire de sa famille. En mai, elle était prise tous les week-ends pour des communions. Ce samedi-là, c'étaient des noces à Cachalot.

— Ça devait vous faire drôle de vous retrouver dans des mariages alors que le vôtre s'était si mal passé... suppose Pontoise.

— J'aimais bien servir les banquets. Les gens racontaient des blagues, dansaient, riaient...

C'était elle, la meurtrière — en chemisier blanc, jupe noire et tablier ceint de dentelle —, filant le long des tables aux nappes en papier blanc gaufré.

Assouplies d'anxiolytiques, ses petites mains tueuses de mari déposaient des carafes de vin, de cidre, apportaient des suppléments de mayo, repartaient chargées de leur crime et de piles d'assiettes.

Les gens l'interpellaient, l'appelaient par son prénom. Des enfants la tutoyaient, lui demandaient des grenadines. Des ados futés s'amusaient à tirer, dans son dos, sur les lanières de la rosette de son tablier, alors celui-ci tombait. Lorsqu'elle se penchait pour le ramasser, des jeunes gens s'attardaient sur la courbe charmante de ses fesses. Un grossier grommelait : « Ah, dommage qu'a veule plus connaître eul' loup c't-y là. Parce que moi, j'te lui aurais bien posté un paquet et sans recommandé en plus... » Les autres jeunes cons, autour, s'esclaffaient. Les mères outrées leur tapaient sur les mains : « Allez-vous finir, oui ? » puis s'adressant à la factrice : « Excusez-les, hein ! Ils sont saouls. »

La criminelle indulgente souriait dans le vacarme musical, s'étourdissait du bonheur bruyant des familles réunies...

De retour tard dans la nuit, en son onzième étage d'HLM, après avoir laissé son manteau sur une chaise, elle découvrit que, pendant son absence, sa chambre avait été entièrement retapissée de photocopies très agrandies de la tête de Jimmy.

Les photocopies noir et blanc format A 3, parfaitement collées les unes à côté des autres, recouvraient les murs et le plafond. On avait décroché puis remis les appliques et les tableaux, déplacé et réinstallé les meubles pour que tout soit parfaitement dans les règles jusqu'aux plinthes. Un vrai travail de professionnel. La femme s'en assit sur le lit.

Les oreilles encore bourdonnantes des flonflons de la noce, elle se tétanisa, les mains nouées sur les genoux, dans la position qu'elle a ce soir face à Pontoise. Seules ses lèvres vibraient de nervosité.

La tête de Jimmy en noir et blanc et grandeur nature la regardait de tous les endroits de la chambre conjugale. Les arcs de cercle du tampon circulaire « République française » la rappelaient partout à l'ordre sur les murs et le plafond.

Elle s'endormit assise, les yeux écarquillés à s'en déchirer les paupières, et fit plusieurs fois ce rêve fulgurant où elle tuait ses enfants !

Le lundi, elle ne retourna pas à son travail et ne téléphona pas à la Poste pour prévenir de son absence. Elle ne descendit de chez elle que pour retirer la voiture de sa place de parking afin d'aller la garer deux, trois rues plus loin. Elle ne voulait pas qu'on sache qu'elle était là.

Dans son appartement, elle ôta le fusible de la sonnette de la porte d'entrée et enclencha le répondeur téléphonique.

— Je ne voulais pas qu'on me demande comment ça allait...

Elle ferma les volets de la baie vitrée, ne retourna plus travailler de la semaine.

Elle passait ses journées, assise et immobile, face à la table dans la pénombre de la salle à manger. Entre les lattes de volets métalliques, des interstices lumineux brillaient en étoiles alignées. Leurs fins rayons comme des fils de laine vibrants venaient heurter et éblouir les flacons de sables colorés rangés devant la criminelle.

Lorsque ses enfants rentraient, ils allumaient le plafonnier et l'ignoraient. Ils passaient auprès d'elle comme si elle n'était qu'un objet de décoration posé sur une chaise. Elle les entendait pénétrer dans la cuisine, ouvrir le Frigidaire et des tiroirs. Bruits de vaisselle laissée à l'abandon sur la table puis ils repartaient en claquant la porte.

Le vendredi soir vers dix-neuf heures, arrivés sur le palier, ils ont lancé de grandes séries de coups de pied parce qu'ils avaient dû oublier leurs clés.

La mère se leva péniblement et alla tourner le verrou. Lorsqu'elle ouvrit la porte, elle découvrit sur le palier ses trois enfants alignés lui tendant chacun un bouquet de fleurs artificielles.

Les tiges en fer vert ondulé avaient été arrachées au grillage du stade de la cité. À leurs extrémités supérieures, piquées comme des brochettes, des petites photocopies de la tête de Jimmy ressemblaient à des fleurs noires et blanches. Le soir même, la mère se rendit à la police. Mais ne pouvant pas ouvrir la bouche devant le gardien de la paix à l'accueil, elle est revenue le lendemain défoncée de calmants.

À la tombée de la nuit, elle sortit par la porte de son appartement comme si on l'avait jetée par la fenêtre. Dans l'ascenseur, elle savait qu'elle faisait la même chute irrémédiable que Jimmy.

Sa petite valise de sables colorés à la main, elle passa devant les boîtes aux lettres endommagées, se demandant ce que deviendrait son courrier.

En traversant le parking et longeant le grillage crevé du terrain de foot, elle se rappela l'image de sa mère qui, tous les matins, lui faisait au revoir à la fenêtre dans le bourg du Mesnil-Alley. Le bras de sa mère qui lui faisait au revoir...

En passant devant le marbre blanc des marches de l'hôpital maritime, elle aima le vent qui soulevait ses cheveux et, au commissariat, s'assit face à Pontoise.

XXXVIII

Depuis quelques minutes, le lieutenant de permanence a un tic à la mâchoire. Sa joue droite file dans tous les sens. Les fortifiants vétérinaires lui explosent la tête.

Le flic de Lisieux à la dent humaine montée en bague et buvant un mélange d'éther en guise d'eau bénite a aussi des secousses nerveuses dans les épaules. Des éclairs de folie traversent ses yeux. Il regarde l'éclairage au plafond.

Entre les lattes d'aluminium du néon, deux insectes lents avancent l'un vers l'autre, la tête en bas sous le tube incandescent.

D'espèces différentes — un volant face à un rampant —, ils se croisent puis s'emmêlent dans l'éblouissement.

Les ailes de l'un s'étendent tandis que les crochets de l'autre s'ouvrent dans la fournaise. Et c'est un imbroglio de têtes et de thorax, un enchevêtrement d'abdomens segmentés dans le désordre obscurci des ombres. Confusion de mandibules et de glandes labiales, le méli-mélo de l'incertitude des carapaces dans ce micmac brûlant... On dirait que les deux se dévorent mutuellement. Sécrétion grésillante d'acide formique et mâchage d'élytres incendiées. Un peu de poussière tombe de leur coït préhistorique. Il y a une odeur de punaise écrasée.

Gilles lance son pot de fleurs vide dans le néon et cet amour interdit. La femme a un geste de protection.

Le bloc néon se décroche, retenu par le fil électrique pendant du faux plafond, et balance derrière la tête et les épaules de la coupable.

Pontoise la voit à nouveau à contre-jour dans le va-et-vient du néon qui éclaire aussi en bout de course un profil et puis l'autre.

Les ombres s'étirent, se tassent sur la figure de la femme au rythme sanguin battant aux tempes du policier.

La vue de Gilles passe de floue à nette. Ses pupilles se dilatent, se rétractent, pompent le liquide sous la cornée, cherchant en permanence à faire le point...

XXXIX

Le point ! Gilles comprend maintenant parfaitement la trajectoire de cette femme qui tombe en passant par ses mains. Il sait les dégâts singuliers que font les silences des taiseux bas-normands. Dés l'école de police on lui avait appris qu'en Normandie il y avait finalement peu de crimes, qu'ici on pousse plutôt les gens au suicide.

D'ailleurs, même cette factrice, qu'avait-elle fait d'autre avec son mari ? Et puis maintenant c'était à son tour d'être « suicidée » par ses enfants. Elle n'avait pas d'autre choix mais le flic de Lisieux refuse cette évidence. Ce soir, il sent en lui ce désespérant besoin de dire ce qui ne peut se dire et de faire ce qui se rêve, de refuser les lois naturelles :

— Je ne vous arrêterai pas.

— Tapez mon nom sur l'ordinateur.

— Jamais !

Gilles crie à se lancer les poumons par la bouche. Le sang coule de ses lèvres. Ses poings — masses de fonte impitoyables — tapent sur le bureau, creusant la fibre du bois. Il est perdu, le cœur battant, la tête en feu face à cette femme et son idée essentielle à perte de vue.

— Je m'appelle...

— Non !

Gilles se lève tel Atlas et saisit, à bout de bras, le PC comme un monde moderne qu'il jette dans le bleu azur du mur d'en face alors que le néon illuminé du plafonnier continue de balancer dans le dos de la dame. Après le fracas du choc ayant aussi emporté la lampe de bureau, un filet de fumée s'élève de la coque brisée de l'ordi tandis qu'on téléphone de l'accueil :

— J'entends des cris et des bruits... Ça va lieutenant ?

Gilles raccroche, disant à la femme : « Mais arrêtez madame, arrêtez d'avoir cette grandeur d'âme ! » Il regarde la pendule. « Alors pour tout ce qu'on s'est dit, pour tout ce qu'on s'est dit ce soir, madame, je ne vous demande pas grand-chose : une demi-heure de votre existence... Pour que la mienne ne soit pas tout à fait inutile... Pour que je me dise demain : Bah, je n'aurai pas fait ce sale boulot pour rien... J'irai vous le changer, moi, le papier peint de votre chambre ! Avec un copain, j'en ai pour l'après-midi. Et je tirerai aussi les oreilles de vos enfants mais une demi-heure...

— Non, non, non...

La femme se cachant le visage dans les mains est dans une attitude désespérée. Tandis que Pontoise contourne son bureau pour la rejoindre — marchant sur les débris d'ordinateur et dans l'eau des fleurs —, elle prie Dieu, supplie tout le monde de la sauver. Elle jure de ne plus retourner dans la rue, de ne plus revoir ses enfants. Elle s'écrie qu'elle va mourir.

Quand Gilles est face à elle, elle s'accroche à son uniforme pour s'accrocher à quelque chose. Elle tire tant que Gilles tombe à genoux devant elle.

Les rotules s'écorchant dans les débris de vase, la barre d'espace et les touches éparpillées du clavier sur le lino gris, il est entouré d'un alphabet répandu et désarticulé — les mots brisés, les déchets du songe. Un lent rideau de poussière blanche tombe, du faux plafond crevé, sur sa tête et ses épaules...

Le tube au néon du plafonnier pendu à son fil s'est stabilisé verticalement dans le dos de la femme, projetant la silhouette monumentale de la coupable sur les murs et le plafond de ce bureau de commissariat.

La noirceur projetée englobe Gilles et ses tics nerveux dans la mâchoire et les épaules.

— Barrez-vous !

Il s'adresse maintenant à beaucoup plus qu'une factrice. Cette femme — tache noire entourée d'un éblouissement — prend des dimensions disproportionnées pour lui. Elle devient son festin de pierre, sa Conscience.

— Cassez-vous !

— Faites votre travail maintenant, ordonne l'autre.

— Non !

Le flic de Lisieux, à genoux devant son ombre, est les mains jointes en position de prière. La prend-il pour Marie ? L'absorption de fortifiants pour porcs faméliques de trois cents livres peut créer des confusions regrettables chez un homme...

Gilles, en uniforme bleu panique, tremble, manches de blouson relevées aux coudes et chemise ouverte jusqu'au nombril.

Sa peau nue diffuse un arôme de sueur d'homme sous les relents de poussière d'amiante neigeant du plafond. Il règne aussi dans le bureau un délicat parfum de feuillage de roses et d'éther mêlé à l'âcre odeur des fusibles grillés de l'ordinateur.

Le flic dit « Au secours ! » dans l'étourdissement de ces senteurs, dit que lui ne veut plus retourner dans les cités, qu'il a peur. Il dit qu'il en a marre de se faire attaquer au lance-flammes. Il dit : « Vous arrivez, ils sont en bas. Et dès qu'ils vous voient, déjà c'est : Où tu vas, toi ? Dehors ! » Gilles écarquille les yeux : « Putain, ils arrivent ! Et plus ils gueulent, plus il y en a ! » Il s'attrape les cheveux dans les mains et panique : « Ben, au bout d'un moment, vous êtes encerclés ! »

— Ils ouvrent les coffres de voiture et sortent des armes de guerre... Quand vous quittez en uniforme une cité comme ça, vous dites : putain, je l'ai échappé belle. Vous croyez que c'est fini, vous rentrez au commissariat, et là on vous appelle pour une autre merde dans une autre cité ! Chaque jour, vous devez être content de ne pas avoir été blessé puis vous vous dites : demain, c'est rebelote. Et là vous pensez : ça fait huit ans que je suis ici, j'ai échappé, j'ai paré tous les coups mais un jour ou l'autre je vais en prendre un... Vous comprenez ? C'est mathématique, ça. Des collègues blessés, il y en a tous les jours. Alors pour ce coup qui me viendra forcément, me blessera ou me tuera, faites-moi l'aumône d'un quart d'heure de votre vie, madame.

— Un quart d'heure ?

De la main gauche, le flic se griffe la poitrine qu'on dirait lacérée par un fauve. Il tend cette main avec des poils blonds arrachés, collés sous les ongles ensanglantés. Pris d'une vision, il désigne à l'intérieur de sa paume vide :

— Cela s'appelle un cœur, c'est rouge et c'est à vous !

— Un quart d'heure ?

La femme s'était retournée et n'avait scruté que les aiguilles fluorescentes de la pendule au-dessus de la porte.

— Minuit moins le quart ?

Elle se lève, fébrile, déplaçant sa chaise : « Il faut que je change de commissariat ! » Elle ferme son manteau : « Je vais demander à l'accueil où il y en a un autre. » Elle atteint la porte : « Est-ce que le gardien pourra m'appeler un taxi ? » Elle pose la main sur la poignée : « Vite, vite ! » La porte est poussée. Le faisceau de lumière de l'accueil s'ouvre comme une déchirure.

Gilles se relève et, tel qu'en démonstration au stand, il dégaine :

— Restez ici ou je vous tire dans la gueule, moi, connasse !

Les deux bras tendus comme le chien de sa gâchette, il la vise à la tête :

— Délit de fuite ? Si vous sortez de ce bureau, je vous explose. Vous voulez connaître la prison ? Je vais vous y coller, moi.

XL

Il range son Manurhin et sort les menottes, attache la pauvre mère de famille à la chaise en fer devant le bureau.

— Je reviens.

Il traverse le local jusqu'à la petite porte vitrée et grillagée donnant aussi sur la cour du commissariat, suit à gauche le couloir menant aux cellules de garde à vue. Il s'arrête devant la « trois », actionne le système d'ouverture automatique de la vitre blindée. Celle-ci coulisse devant les barreaux de la cellule collective et dix-huit délinquants étonnés — des camés, des alcooliques, des pervers et des brutaux en état de défonce hallucinatoire.

Gilles tend un doigt devant eux :

— Je vais vous amener une femme. À part la tuer, vous lui faites ce que vous voulez !

Il retourne dans le bureau et empoigne la mère lâchée par ses enfants. Celle-ci avance en chaussures d'homme sous sa jupe sobre. Gilles pousse ce corps endurci de remords et de malheur — poignets menottés dans le dos du manteau. Le tee-shirt noir en coton stretch dégage largement son cou de condamnée dans le couloir.

Pontoise la fait entrer dans la cellule collective.

— Bonne bourre.

Tandis que l'épaisse paroi de verre blindé se referme, coulissant sur son rail huilé, les voyous entourent lentement la femme debout au centre de la cellule.

Balançant autistement la tête de gauche à droite, leurs casques de moto s'entrechoquent au fur et à mesure que le cercle qu'ils forment se resserre autour d'elle. Ils lui roulent des yeux exorbités, agitent la langue sous les visières ruisselantes fermées par des petits cadenas de cuivre scintillant. Leurs souffles embuent les plastiques transparents et s'échappent en vapeurs bouclées sur les côtés.

Les chaînes à leurs pieds frottent le ciment d'un râle répétitif.

Menottés dans le dos, arrivés tout contre elle, ils se retournent tous et leurs doigts la touchent.

Gilles arrive dans le hall de l'accueil, contourne le comptoir et éteint un écran de contrôle :

— La caméra trois est tombée en panne.

— Ah bon ?

Le gardien de la paix scrute devant lui tous les autres moniteurs alignés :

— Mais... Vous l'avez mise où, la dame ? Pas chez les grillons tout de même ?

Pontoise traverse le hall vers la porte donnant sur le boulevard quand il est à nouveau interpellé par Joliveau :

— Et le « consignant », lieutenant ? Il faut remplir le billet de garde à vue... Vous n'avez pas écrit son nom sur le registre ! C'est illégal. Comment s'appelle-t-elle ?

— Qu'est-ce que j'en sais, moi ?

— Comment ça ? Vous l'avez eu trois heures dans votre bureau et vous ne savez pas son nom ? Mais qu'est-ce que je vais dire à Macheboeuf quand il arrivera pour la relève à huit heures ?

— Tu n'auras rien à lui dire.

XLI

Pontoise est dans la fraîcheur du soir sur le trottoir du boulevard. Franchissant les planches disjointes du passage à niveau, il voit sur l'avenue côtière le dernier tramway lui filer sous le nez.

Il court après pour essayer de le rattraper mais le tram illuminé s'éloigne déjà au loin comme une étoile molle. Gilles se résout à en suivre, à pied, les rails jusqu'au mail fleuri devant la mairie de la ville d'après.

Au centre de l'avenue, il boite en uniforme dépenaillé, les bras écartés et la chemise grande ouverte. Sa cravate défaite flotte sur une épaule.

Le monde coule autour de lui. Il y a des ruissellements d'hommes dans les autos qui filent en rémanence sur les six voies trop éclairées.

Il est comme un poisson sans ses écailles longeant le bruit de l'océan derrière l'embarcadère des ferrys. Sur le parking, à la vue de son uniforme, des voleurs d'autoradios s'enfuient dans la perspective des courants d'air et l'indifférence de Gilles.

Les bras en croix et les paumes tournées vers le ciel, il sent le crachin de bord de mer lui rafraîchir aussi la figure et délaver le sang de ses lèvres. Il suit dans la nuit les rails luisants sous la pluie fine.

XLII

Le lendemain matin à l'aube, ça pisse dru du ciel comme on saigne du nez. Marie-Météo l'avait prédit. Les ombres sont gris mauve et la plage derrière l'hôpital, pâle, pâle. De grosses gouttes s'éclatent sur le boulevard.

D'autres grosses gouttes noires mêlées d'arabica s'égouttent dans la cafetière de l'infirmerie du commissariat tandis que Gilles finit d'emplir sa Sainte-Vierge sur la paillasse carrelée.

Il range dans un placard l'alcool médical et l'éther, glisse dans sa poche les cachets vétérinaires puis revisse la tête couronnée du flacon qu'il branle pour tout mélanger.

Sept heures et demie ! Pontoise est en civil — jean, baskets et pull sous un blouson —, puisque ce dimanche est son jour de congé. Pendant qu'il commençait à préparer le café et sa mixture, il avait demandé à Joliveau d'aller ramener la femme dans son bureau.

Deux gobelets vides et son flacon dans une main, la cafetière fumante dans l'autre, le lieutenant, croisant le gardien de la paix qui revient au comptoir de l'accueil, note le rictus réprobateur à ses lèvres et son regard détourné qui en dit long.

Lorsque Gilles entre dans le local, la femme remarque les pansements qu'il a aux doigts et le nouveau grand bouquet de roses posé sur son bureau. Lui n'ose pas la regarder tout de suite. Il constate d'abord, mains sur les hanches, les dégâts matériels de la veille — le plafonnier qui pend et l'ordinateur en morceaux jonchant le sol. Il songe aux commentaires que feront, lundi, le commissaire et les gars de l'économat puis lève les yeux vers la femme.

Sa jupe déchirée est tourneboulée et son collant troué, son tee-shirt taché. Elle est toute décoiffée. Joliveau, sans autorisation, a pris l'initiative de la démenotter.

Pontoise fait couler fébrilement du café dans son gobelet puis pousse l'autre et la cafetière vers la femme :

— Tenez, servez-vous vous-même parce que moi, le matin, j'ai la tremblote.

La femme reste immobile. Le flic sort alors d'une poche de son blouson un petit pot de crème industrielle :

— Vous préférez ce Flamby ? Un dimanche matin avant sept heures, ça n'a pas été facile à trouver. Faut enquêter.

La femme ne bouge pas davantage.

— Non plus ?

Le flic déçu déambule dans le bureau avec son café trop chaud entre les doigts :

— Je ne vous propose pas de calva pour la petite rincette du matin parce que depuis Joxe, plus d'alcool dans les commissariats ! dit-il pour parler d'autre chose. Avant, ici, les collègues pouvaient boire comme dans un bistrot, mais maintenant c'est fini. Joxe, il a fait ça, c'est surtout pour les bavures parce qu'avant il y avait pas mal de bavures policières, vous savez... Et puis surtout, les médias n'en faisaient pas le même écho tandis que maintenant, ah putain ! s'indigne Gilles. D'ailleurs, maintenant, si un flic tire, même à jeun comme la dernière fois ça s'est passé... Une camionnette de Gitans qui nous fonce dessus. Putain, le collègue tire dans le pneu. Eh bien, prise de sang et tout du collègue... Vous êtes emmerdé quoi, même si vous avez tiré dans un pneu. Imaginez que vous tiriez, bourré, sur quelqu'un ! Ah, mais vous risquez la révocation. Là, quand même, ils sont devenus assez stricts. Quand vous avez bu, vous n'avez pas intérêt à tirer. Vaut mieux laisser passer la voiture... Mais enfin bon, se reprend-il, on a tous nos petits problèmes. Assez parlé de moi, parlons de vous. La nuit fut bonne ?

La femme ne répond même pas mais le flic de Lisieux entend : « Épouvantable. Ils ont été odieux, odieux ! »

— Ah ben, c'est ça la vie en cellule ! s'exclame Gilles. Alors vous imaginez pendant vingt ans ?

Il s'assoit devant son bureau et sert, à deux mains vibrantes, un café à la coupable :

— Vous avez réfléchi ?

— Oui.

— Ouf ! Eh bien, tant mieux. soupire Gilles, reposant la cafetière. Un sucre ?

— Je veux aller en prison.

— Aïe !

Le gobelet qu'il tendait à la femme s'écrase entre ses doigts et le café brûlant ébouillante, sous les pansements, les griffures de sa main droite.

Le flic voleur de roses l'agite en soufflant sur ses phalanges.

— Bon, ben moi je n'ai pas trop de chance... commente-t-il en observant le café renversé s'étaler sur le buvard assoiffé.

Il n'entend plus que la grande pluie matinale taper au carreau de la fenêtre, regarde la Sainte Vierge debout sur un coin du buvard. Elle trône à l'intérieur de sa tenue bleue. Depuis qu'elle est dans son bureau, Gilles ne l'a jamais vue en robe rose. « Il n'y a pas de miracle... », se désole Pontoise, rangeant le flacon dans un tiroir qu'il referme sur ses superstitions. « Mais savez-vous que je n'ai plus le droit de vous arrêter, madame ? » redresse-t-il encore la tête. « Comment ça ? fait la femme. Mais puisque hier je suis allée en... Je pensais que... »

— Je n'ai entamé aucune procédure, rien tapé, zéro date... Même pour votre mise en garde à vue, je n'ai pas rempli le « consignant ». D'ailleurs, vous auriez vu la tête du gardien de la paix...

Elle *(s'effondrant)* : Mais ce n'est pas possible ! Mais quel policier vous êtes ?

La factrice chancelle dans ses chaussures d'homme. La tête lui tourne et elle a mal au cœur. Des envies de vomir lui secouent la gorge. Elle n'a rien mangé depuis hier matin, n'a pas dormi de la nuit, debout dans la tournante folie des grillons qui l'ont salie jusqu'aux os. Les yeux défaits, les joues tombées, en état d'inanition et d'épuisement physique, de choc psychologique, la femme se résout à rentrer chez elle, en loques et tachée, et libre à vie hélas ! Tout dans sa vie aura été loupé : son mariage, ses enfants... Même son arrestation aura été loupée !

Elle en fait une brutale chute de tension en se tournant vers la porte du bureau. Son visage dégouline comme si on avait pressé une éponge gorgée d'eau sous ses cheveux. Elle pose la main sur la poignée. Le flic avait gagné.

— Donc, il n'y aura jamais de point final à cette histoire...

Elle ouvre la porte donnant sur le matin de l'accueil :

— Alors maintenant je sais que j'en ai pour perpétuité.

Elle titube dans le hall et aperçoit le jour du boulevard lorsqu'elle entend :

— On pourrait antidater à la veille...

— Quoi ?

La femme se retourne, revient sur ses pas vers l'endroit d'où provenait la voix. Dans le local, Pontoise, les doigts croisés au bord du sous-main, dit :

— L'ordinateur est cassé. Si j'écris votre déposition à la main, qu'est-ce qui m'empêche de la dater d'hier ? Et d'ici qu'on vous soupçonne d'avoir été assez conne pour être venue vous livrer le lendemain de la prescription...

La femme entre dans le bureau et s'illumine :

— Vous feriez ça ?

— Ah, vraiment « que » pour vous faire plaisir ! promet le policier.

Il tourne la tête vers la porte vitrée et grillagée. Des gardiens de la paix, sous la pluie, sont arrivés dans la cour par le portail et font chauffer les diesels des fourgons de police à destination de la maison d'arrêt.

— Je connais une avocate spécialisée dans le droit des femmes. Elle pourrait vous défendre. Voulez-vous que je l'appelle ?

— Non merci.

— Ça m'aurait étonné...

Il regarde la pendule et tente encore de se défausser :

— Bon... Machebœuf sera là dans quinze minutes. Je lui expliquerai le topo et il vous fera ça très bien. Il sera ravi de vous arrêter, lui. C'est un sadique.

— Je préférerais que ce soit vous.

— Ah, putain... Vous ne m'aurez rien épargné.

Les flaques bleues des yeux policiers semblent onduler sur son visage et c'est maintenant la femme qui se veut consolatrice :

— Vous viendrez me voir en prison...

— Non. Non madame. se braque Gilles avec des soubresauts de pomme d'Adam dans la gorge. Et puis moi, vous savez, la Centrale des femmes... Je ne sais même pas trop comment on fait pour y aller à Rennes.

Il est moins dix. Les grillons décasqués et désentravés aux pieds commencent à défiler dans la cour vers un premier fourgon qui s'en va. Un gardien de la paix tape au carreau de la porte grillagée et désigne la femme d'un air interrogateur.

— Bon, qu'est-ce qu'on fait ? supplie Gilles.

— Arrêtez-moi, dit la femme en extase.

— Alors allons-y.

Pontoise sent en lui une violente odeur de goudron de parking :

— Nom ? Prénom ?

XLIII

Le lieutenant conduit lui-même la femme dans la cour du commissariat en la protégeant d'un parapluie. La veuve a roulé la procédure manuscrite sous son manteau afin de ne pas la mouiller. Un gardien de la paix arrive vers la coupable avec les pinces. Gilles, derrière elle, a un geste de dénégation :

— Pas de menottes pour la dame...

Il lui prend le bout des doigts fort courtoisement pour qu'elle grimpe dans le fourgon de police, lui indique l'endroit où elle doit s'installer :

— Là, près de l'accoudoir, parce que sinon, comme les banquettes sont glissantes, dans les virages vous risquez de tomber.

Elle est assise face à six autres déférés en même temps qu'elle — des grillons ricanants décortiqués du casque. Leurs gueules pendent comme des steaks à des grilles.

Quand la femme est sur son séant, Pontoise lui tend la main : « Au revoir et bonne chance. » Que vouliez-vous qu'il lui dise ? Puis il recule de deux pas devant la porte coulissante du fourgon. L'eau du ciel tape sur la tôle.

Gilles, qui avait refermé le parapluie, est là, inondé sous le déluge et les bras le long du corps, à la regarder. Celle-ci se lève, descend du fourgon et vient lui faire la bise. Tandis qu'elle retourne s'installer, Joliveau, derrière, qui avait assisté à la scène, s'approche et murmure à l'oreille de Pontoise :

— C'est pas tous les jours, ça...

Puis il ouvre pour lui-même le parapluie qu'il a tout à l'heure prêté au lieutenant alors que le conducteur, après avoir tiré la porte, regagne son volant.

Pontoise, du pouce, fait pivoter la bague en or autour du médium de sa main gauche et la chevalière ressemble alors à une alliance parmi les poils blonds de sa phalange. Puis il serre son poing si fort que la dent humaine, maintenant dans sa paume, le mord au sang.

Lorsque le véhicule démarre, les lettres majuscules de POLICE défilent à l'envers sous les vitres et il y a un effet stroboscopique d'éclats de lumière sur le visage de la dame. Gilles et elle se regardent avec tellement de...

Joliveau observe la femme s'en allant puis tourne la tête vers Pontoise. Celui-ci tend un bras vers le gardien qui referme le portail de la cour donnant sur le boulevard.

Gilles n'a pas envie de croiser Macheboeuf. Il préfère partir par là. Joliveau, qui a quitté son uniforme pour une tenue civile, l'accompagne en manteau et sous son parapluie. Les deux marchent côte à côte comme deux paysans « taiseux » qui n'en pensent pas moins.

Ils se quittent sur le trottoir du boulevard. L'un va à droite et Pontoise à gauche vers l'abribus du tramway sur l'avenue côtière.

— Bonne fin de week-end, lieutenant.

— À lundi, Joliveau.

Dans le tram éclaboussé qui suit la ville en longeant la mer, Pontoise regarde le marché sous la halle couverte puis l'église qui sonne la première messe. Là-haut, l'ancien monastère devenu maison d'arrêt construit en pierre de la falaise.

Gilles est assis à côté d'une grosse dame aux genoux écartés parce que son panier entre les jambes. Il monte de ses cuisses une odeur de poireau, de pomme surette et les effluves tièdes et doux de matin d'enfance d'une « teurgoule » — spécialité locale de riz au lait et à la cannelle, cuite dans le four du boulanger, qu'on sert dans des barquettes les jours de fête.

Arrivé chez lui, le lieutenant tombe sur son lit, les bras le long du corps et les paumes tournées en l'air. Dans sa main gauche, parmi les pansements, la prémolaire est un petit monastère.

Alors il s'endort d'un sommeil frère de la mort qui ne garde le souvenir d'aucun rêve...

Poète et assassin

(Pocket n° 13135)

Il a joui, menti, volé, assassiné ; il a fréquenté les miséreux et les nantis, les étudiants et les curés, les prostituées et les poètes, les meurtriers et les rois ; il a traversé comme un météore trente années de l'histoire de son temps et a disparu un matin sur la route d'Orléans, laissant derrière lui ses poèmes comme une traînée de feu… Avec virtuosité, Jean Teulé nous fait entrer dans la peau du poète le plus sombre, le plus fantasque et le plus énigmatique de l'histoire des lettres françaises : François Villon.

Il y a toujours un Pocket à découvrir

Impression réalisée sur Presse Offset par

CPI
Brodard & Taupin

48910 – La Flèche (Sarthe), le 17-09-2008
Dépôt légal : octobre 2008

POCKET – 12, avenue d'Italie - 75627 Paris cedex 13

Imprimé en France